KB115277

변혁
1990

천지무천 장편소설

9

FUSION FANTASTIC STORY

변혁 1990 9권

천지무천 장편 소설

초판 1쇄 찍은 날 § 2015년 1월 27일
초판 1쇄 펴낸 날 § 2015년 2월 3일

지은이 § 천지무천
펴낸이 § 서경석

편집부장 § 권태완
편집책임 § 박은정

펴낸곳 § 도서출판 청어람
등록번호 § 제1081-1-89호
등록일자 § 1999. 5. 31
어람번호 § 제1-2042호

주소 § 경기도 부천시 원미구 심곡2동 163-2 서경B/D 3F (우) 420-822
전화 § 032-656-4452   팩스 § 032-656-4453
http://www.chungeoram.com
E-mail § chungeorambook@daum.net

변혁
1990

천지무천 장편소설

FUSION FANTASTIC STORY

9

Contents

Chapter 1

　노브이 아르바트 거리에서 벌어지고 있는 총격전은 점점 치열해졌다.

　내무부 소속의 보안군과 KGB 요원들은 보리스 옐친의 경호원들을 압박해 들어갔다.

　투타타타탕!

　퍼퍼퍽!

　귀청이 떨어져 나갈 것 같은 총소리와 함께 경호원들이 방패막이로 삼고 있는 차량이 심하게 파손되어 갔다.

　더불어서 총에 맞은 사람들도 하나둘 늘어나고 있었다.

정말 마피아의 총격전에 휘말렸던 때와는 완전히 달랐다.

이건 정말 영화에서나 봤던 전쟁 장면을 방불케 했다.

옐친의 경호원들은 필사적으로 그를 안전한 장소로 옮기려고 했지만 빗발치는 총격전에 섣불리 차에서 내릴 수도 없는 상황이었다.

세 배가 넘는 인원의 차이도 경호원들을 어렵게 만들었다.

그때 십여 명의 내무부 소속 검은 베레가 아르바트 건물의 옥상으로 올라가 예친이 있는 차량으로 조용히 접근했다.

정면에서 벌어지는 총격전 때문에 경호원들은 건물 옥상에서 접근하는 검은 베레의 움직임을 파악하지 못하고 있었다.

그중 한 인물이 RPG—7 대전차 로켓을 들고는 옐친이 타고 있는 방탄 캐딜락을 목표로 겨냥했다.

아무리 방탄 캐딜락이었지만 RPG—7 대전차 로켓에 의해 파괴될 수도 있었다.

절체절명의 위기였다.

정확하게 겨냥된 상황에서 발사 스위치에 손가락이 걸치는 순간,

탕!

어디서 들려온지 모르는 총소리에 RPG−7 대전차 로켓을 들었던 검은 베레의 몸이 꼬꾸라지면서 건물 아래로 떨어졌다.

쿵!

투타타타탕! 타다탕!

검은 베레의 머리를 관통한 짧은 총소리는 요란하게 들려오는 총소리에 묻혔다.

함께 건물 옥상에 접근했던 세 명의 검은 베레는 동료가 당하자 황급하게 뒤를 돌아보며 저격수를 찾았다.

그때 빠르게 무언가가 연속해서 날아와 그들의 어깨에 강한 충격을 주었다.

악!

윽!

연속된 신음성과 함께 소총을 들고 있던 세 사람 모두 오른쪽 어깨를 부여잡은 채 총을 놓치고 말았다.

그 순간 한 인물이 번개처럼 달려와 도약하자마자 날아차기로 두 명의 턱을 정확하게 걷어찼다.

두 사람은 그대로 옥상 바닥에 나뒹굴었다. 나머지 한 인물이 멀쩡한 왼손을 들어 낯선 사내의 얼굴을 가격하려고 했지만 뜻을 이루지 못했다.

오히려 자신의 명치끝에 강한 충격이 느껴지는 순간 내장이 끊어지는 듯한 고통이 전해졌다.

그러자 다리에 힘이 풀어지며 무릎을 꿇는 동시에 턱이 흔들렸다. 검은 베레는 그 느낌과 함께 그대로 정신을 잃었다.

순식간에 옥상에 있던 세 명의 검은 베레를 쓰러뜨린 인물은 다름 아닌 티토브 정이었다.

타타탕! 타탕!

총소리가 난 순간 바닥에 불꽃이 피었다.

티토브 정은 옆으로 몸을 날리며 건물의 굴뚝 뒤로 몸을 숨겼다.

반대편 건물에서 접근하던 검은 베레가 총격을 가한 것이다,

검은 베레 두 명이 티토브 정에게 총격을 가하려고 앞쪽으로 나서는 순간,

탕! 탕!

또다시 들려온 두 발의 총성에 그대로 바닥에 쓰러졌다.

치열하게 옥상에서의 싸움이 벌어지고 있는 사이 도로에서 전투를 벌이고 있는 옐친의 경호원들이 뒤로 밀려나고 있었다.

장갑차가 앞으로 나서자 더는 버티지 못하는 상황이 된 것이다.

전 세계에 전해진 소련의 쿠데타 소식에 미국을 비롯한 서방은 놀라움을 금하지 못하고 있었다.

미국의 CIA는 물론 이스라엘의 모사드, 그리고 서방의 정보부기관은 미하일 고르바초프와 보리스 옐친의 행방에 촉각을 곤두세우고 있었다.

그 두 사람의 행방이 지금 벌어지고 있는 쿠데타에 큰 변수가 될 수 있었기 때문이었다.

시간이 지나자 쿠데타를 일으킨 사람들의 이름이 언론에 하나둘 오르내리고 있었다.

또한 모스크바 시내 중심가에서 총격전이 벌어졌다는 다급한 소식도 들려왔다.

＊ ＊ ＊

김포공항에 무사히 내려선 김은미는 소련에서 일어난 쿠데타 소식에 철렁거리는 가슴을 쓸어내렸다.

모스크바에서 우연히 만난 강태수가 아니었다면 탱크와 총을 든 군인들이 가득 찬 모스크바에서 어떤 일에 휘말릴지 몰랐다.

그가 말한 이야기가 이렇게 사실로 일어났다는 것이 너무나 신기하고 고마웠다.

"이번 일은 톡톡히 신세를 갚아야겠네."

롯데백화점 관계자 중 유일하게 서울로 돌아온 사람은 김은미뿐이었다.

사실 그녀도 돌아올 마음은 없었지만 자꾸만 강태수의 말을 듣고 난 후부터 마음에 걸려 일을 할 수가 없었다.

그녀가 한국으로 돌아가도 일을 진행하는 데 큰 어려움이 없는 상황이었던 것도 행운이었다.

김은미와 함께 모스크바에서 비행기를 타고 온 모든 사람은 마치 전쟁터에서 살아 돌아온 사람처럼 기쁨을 감추지 못하고 있었다.

모스크바에서 벌어진 일은 이제 남의 나라 이야기가 된 것이다.

공항에 설치된 TV에는 검은색 연기와 함께 장갑차가 질주하는 모습이 나왔다.

또한 속보로 전하는 TV 문구에는 수십 명의 사상자가 발생했다는 소식이 보였다.

TV를 보며 지나가는 김은미와 그들 모두가 쿠데타로 인해서 죽거나 다친 사람들이 내가 아닌 타인이라는 생각을 확인하는 순간, 구경꾼의 심정으로 바뀌게 되자 그들의 입가에 머물던 웃음이 얼굴 전체에 퍼져 나갔다.

파문처럼 퍼져 나가는 원시적인 이 환희는 아무리 감추려 해도 완전히 감출 수 있는 게 아니다.

그것이 인간의 마음이었다.

*　　*　　*

아르바트 거리의 건물 옥상에서 벌어진 전투는 얼마 가지 못해 끝이 났다.

보이지 않는 저격수의 놀라운 솜씨 때문이었다.

그 보이지 않은 저격수는 바로 김만철이었다. 그는 사격에도 탁월한 솜씨를 발휘했다.

문제는 옐친이 탄 방탄차량에 30m까지 접근한 장갑차였다.

더구나 이미 옐친의 경호인원 중 십여 명이 죽거나 다친 상태였다.

총알도 거의 바닥을 드러냈다.

이대로 두고만 볼 수 없는 상황이었다.

이 모든 상황을 나는 창가에서 서서 지켜보고 있었다.

"장갑차만 어떻게든 막으면 버틸 수는 있을 텐데."

그때 내 눈에 들어온 것은 반대편 건물 옥상에 걸쳐 있는 RPG—7 대전차 로켓이었다.

김만철의 솜씨로 반대편에서 RPG—7 대전차 로켓을 겨냥하던 검은 베레가 손을 쓰기도 전에 당했다.

다행인 것은 옥상에 빗물을 내리기 위해 설치한 빗물받이 홈통에 걸려 도로로 떨어지지 않았다는 것이다.

처음 RPG—7 대전차 로켓을 겨냥했던 인물이 가지고 있던 RPG—7은 그의 몸과 함께 바닥으로 떨어졌다.

지금 반대편 건물에는 아무도 없었다.

티토브 정과 김만철을 상대하기 위해서 수십 명의 보안군이 반대 건물로 넘어왔기 때문이었다.

지금 한창 다른 건물의 옥상 위에서도 총격전이 벌어지고 있었다.

옐친의 경호대도 자신들을 돕고 있는 인물들이 옥상에서 전투를 벌이고 있다는 것을 알고 있었다.

건물 아래에는 보안군이 타고 온 차량을 지키는 두 명의 군인밖에 없었다.

다들 옐친을 잡기 위한 전투에 신경을 쓰고 있었다.

반대편 건물로 가서 RPG—7 대전차 로켓을 손에 넣으면 장갑차를 어떻게든 막을 수 있을 것 같았다.

나는 주변을 다시 한 번 살펴보았다.

모두 격렬한 전투가 벌어지는 앞쪽에만 신경을 쓰고 있어서 두 명의 병사도 누군가 앞 건물로 이동하는 것을 모를 것 같았다.

"후유! 가만히 있으라고는 했지만 이대로 있다가는 죽도 밥도 안 된다."

크게 한숨을 내쉰 후에 나는 건물의 후문을 통해 차량 뒤편으로 접근했다.

다행히 두 명의 병사는 내 움직임을 모르는 것 같았다.

8m 정도 되는 도로를 가로질러 앞쪽 건물을 통해서 옆 건물로 이동하면 될 것 같았다.

건물 간의 간격이 좁았고 위에는 검은 베레가 설치한 판자가 옥상에 걸쳐져 있었다.

검은 베레도 그러한 방법으로 건물을 이동해서 건너갔다.

조심스럽게 차량 뒤편으로 통해서 앞쪽 건물까지 가는데에 성공했다.

문을 열고 들어가려는 순간 문이 잠겨 있었다.

'이런!'

문이 잠겨 있을 거라는 생각을 하지 못했다.

힘을 주어 다시 밀어보았지만 꿈쩍도 하지 않았다.

그때였다.

"이봐! 거기서 뭐 하는 거냐?"

보안대원이 이런 내 모습을 보고 말았다.

그들은 지금 새롭게 나타나 자신들을 방해하는 인물들 때문에 신경이 날카로워져 있었다.

소총을 겨눈 채 보안대원이 내 쪽으로 걸어왔다.

'어떻게 해야 하지.'

순간 식은땀이 이마를 지나 목덜미 아래로 떨어져 내렸다.

"천천히 돌아서라!"

보안대원의 말이 이제는 바로 등 뒤에서 들려왔다.

"미안합니다. 무슨 말인지 모르겠습니다."

나는 한국어로 말하며 외국인임을 강조했다.

"외국인인가?"

보안대원은 내 얼굴을 확인하고는 총을 내린 채 내 곁으로 걸어오더니 거칠게 문을 두드렸다.

그러자 안에서 문이 열리는 소리가 났다.

"들어가시오. 절대 밖으로 나오지 마시오."

의외의 결과가 벌어졌다.

나를 아르바트 거리에 관광 나온 관광객으로 생각한 것 같았다.

보안대원의 친절로 손쉽게 건물 안으로 들어갈 수 있었다.

"고맙습니다."

나는 보안대원에게 인사를 건네고는 바로 건물의 옥상으로 향하는 계단을 빠르게 내달렸다.

옥상으로 올라온 나는 멈춤 없이 앞 건물의 옥상으로 건너갔다.

그리고 빗물받이 홈통 걸려 있는 RPG—7 대전차 로켓을 잡기 위해 다가섰다.

문제는 빗물받이 홈통에 걸린 RPG—7의 위치가 애매했다.

바닥에 엎드려 손을 뻗어 보았는데 손에 닿지 않는 거리였다.

아직은 내가 옥상에 올라온 것을 전투를 벌이고 있는 보안대와 KGB 요원들은 모르고 있었다.

하지만 RPG—7 대전차 로켓을 잡기 위해 몸을 옥상 밖으로 몸을 드러내면 바로 알 수 있는 위치였다.

더구나 RPG—7 대전차 로켓을 잡으려고 하는 행동은 무엇을 말하는지 바로 알 수 있었다.

"정말 미치겠네."

아래쪽 상황은 심각했다.

장갑차를 앞세운 보안대가 옐친이 있는 20m 앞까지 전

진한 상태였다.

장갑차에 달린 기관총이 불을 뿜을 때마다 경호원들은 모두 고개를 숙이거나 몸을 웅크릴 뿐이었다.

반격을 전혀 할 수가 없었다.

옐친이 탄 캐딜락의 앞쪽 방탄유리도 수많은 총탄으로 금세 깨져 나갈 태세였다.

다시 고개를 살짝 내밀어 RPG—7 대전차 로켓의 위치를 확인했다.

몸을 앞으로 내민 상태에서 RPG—7 대전차 로켓을 끌어 올리면 총알세례를 받을 것이 뻔했다.

티토브 정과 김만철, 그리고 경비원 4명은 이곳에서 떨어진 곳에서 전투를 벌이고 있었다.

보안대 인원의 숫자를 자신들 쪽으로 끌어들여 옐친의 경호원들이 받는 압박을 줄이려는 시도였다.

그 덕분에 경호원들이 좀 더 버틸 수가 있었다. 하지만 지금 그러한 노력이 물거품으로 돌아갈 상황이었다.

"그래, 여기까지 올라왔는데 그냥 내려갈 수도 없잖아."

후우!

깊게 심호흡을 한 후에 나는 옥상에서 뛰어내렸다.

옥상에서 떨어지는 순간 빗물받이 홈통에 RPG—7 대전차 로켓을 잡아챘다. 그리고는 바로 아래층의 베란다로 몸을 날렸다.

마치 곡예를 하듯이 좁은 베란다 아래도 떨어졌다.

쿵!

그 순간 발목이 시큰거렸다.

'흑!'

지금은 그걸 따질 때가 아니었다.

나는 곧장 RPG—7 대전차 로켓을 어깨에 메고는 장갑차를 겨냥했다.

그와 동시에 내 모습을 본 보안대원이 큰소리를 지르며 총을 쏟았다.

베란다 아래에 총알이 날아와 박혔다.

'지금이다.'

검지에 묵직한 느낌이 드는 순간, RPG—7 대전차 로켓이 연기를 뿜으며 장갑차로 정확히 날아갔다.

쾅!

굉장한 굉음과 함께 앞으로 나아가던 장갑차 위에 불꽃이 피어나며 멈춰 섰다.

더불어 장갑차 뒤에서 엄폐하며 따라가던 보안요원 십여 명도 바닥에 나뒹굴었다.

*   *   *

장갑차가 멈춰 선 후 맹렬하게 들리던 총소리 또한 멈추자 아르바트 거리에 순간 정적이 흘렀다.

그때 방탄 캐딜락에서 옐친이 경호원들에 의해서 차량 밖에서 빠져나오는 것이 보였다.

옐친은 다급하게 뒤쪽 건물로 피신했다.

순간의 정적은 잠시뿐이었다.

타타타탕!

보안대원들이 자신들의 방패막이인 장갑차를 파괴한 나를 향해 무지막지하게 총을 쏘았다.

그들은 나로 인해 자신의 동료가 당한 것을 반드시 복수하겠다는 모습이었다.

총알을 피하려고 베란다에 바짝 엎드렸지만 날아오는 총알들에 의해서 베란다가 부서져 나갔다.

검은 베레 중 몇몇은 내가 있는 건물을 향해 접근하고 있었다.

옐친의 경호원들은 옐친을 보호하기 위해 힘을 쏟을 뿐 나를 전혀 생각하지 않고 있었다.

'큭! 이러다가 정말 죽는 거 아냐.'

퍼퍼퍼퍽! 퍼퍽!

쨍그랑!

날아온 총알에 의해 쉴 새 없이 파편이 튀고 유리창이 깨져 나갔다.

건물 안으로 들어가기 위해서는 몸을 일으켜야 하는데 지금은 도저히 그럴 상황이 아니었다.

옐친을 위기에서 벗어나게 했지만 그 때문에 내가 죽을 수도 있는 위기를 맞이하고 있었다.

설상가상으로 또 한 대의 장갑차가 앞쪽으로 다가왔다.

타타타탕!

끼이익!

이젠 빗발치는 총탄에 베란다가 버티지 못하고 흔들거리기 시작했다.

아무것도 할 수 없는 상황이었다.

더욱이 장갑차의 총구가 들려 올라가며 베란다에 엎드려 있는 나를 목표로 하고 있었다.

모든 것을 체념해야 하는 상황이었다.

'이대로 끝인가?

죽을 고비를 숱하게 넘겨왔지만 지금은 도저히 어떻게 할 수 있는 상황이 아니었다.

한데 목숨이 위급한 순간이었지만 왠지 죽음에 대한 공

포가 느껴지지 않았다.

정말 내가 아닌 남이 겪고 있는 일처럼 아무런 감정도 일지 않았다.

벗어날 수 없는 일이라면 차라리 모든 게 일찍 끝났으면 좋겠다는 생각마저 들었다.

장갑차의 기관총 총구가 정확히 베란다로 향했을 때였다.

기관총의 총구가 불을 뿜으려는 순간,

쾅!

장갑차가 느닷없이 폭발하며 파편이 사방으로 흩어졌다.

그러자 쉴 새 없이 베란다로 날아오던 총알들도 일순간 멈춰졌다.

어리둥절한 표정으로 고개를 살짝 들어 상황을 살피려는 순간,

끼익!

쿵!

베란다가 더는 버티지 못하고 그대로 아래로 떨어져 내렸다.

"헉!"

쿵!

쿵!

밑에 층의 베란다도 떨어지는 베란다의 무게와 충격을 버티지 못하고 연속해서 떨어져 나갔다.

나는 4층에서 그대로 1층까지 떨어져 내렸다.

"윽!"

온몸이 부서져 나가는 듯한 고통에 절로 신음성이 흘러나왔다.

이상하게도 길바닥에 떨어져 누워 있는 나를 보안군들은 전혀 신경 쓰지 않았다.

나를 붙잡거나 사살할 좋은 기회였지만 그들은 그렇게 하지 않았다.

내무부 소속 보안군들은 지금 달아나기 바빴다.

그들의 전면에 나타난 탱크 때문이었다.

갑자기 나타난 탱크 위에는 러시아공화국 국기가 걸려 있었다.

장갑차를 폭발시킨 주인공도 바로 그 탱크였다.

나타난 탱크는 모두 일곱 대로 모스크바 인근에 주둔하고 있는 타만스카야 기계화 부대였다.

그 뒤로 다섯 대의 장갑차가 뒤를 따르고 있었다.

이 기계화 부대 내에는 옐친을 지지하는 군인들이 적지 않았다.

스르베르 거리에서 옐친이 위급하다는 소식을 전해 듣고

는 부리나케 달려온 것이다.

일곱 대의 탱크에 대항할 만한 화력이 없는 보안군과 KGB 요원들은 달아날 수밖에 없었다.

옐친을 사로잡기 위한 작전은 실패한 것이다.

*   *   *

"괜찮으십니까?"

일어날 힘조차 없는 상황에서 내 몸을 일으켜 주는 인물이 있었다.

그는 다름 아닌 일린이었다.

김만철의 연락을 받은 일린이 스르베르로 달려오는 도중에 타만스카야 기계화 부대를 만난 것이다.

문제는 전차 대대 참모 대대장 에프도키모프 소령이 옐친과 같은 고향 출신이자 그를 절대적으로 지지하는 인물이었다.

그는 모스크바에 진입한 이후부터 러시아공화국 국기를 탱크에 달고는 옐친을 지지하는 견해를 노골적으로 밝혔다.

이 대대는 크렘린을 보호하라는 명령을 받았지만, 그는 옐친이 있을 것으로 예상되는 벨리돔으로 향하고 있었다.

"정말 대단하십시다. 저도 하기 힘든 일을 하셨습니다."

일린은 내가 장갑차를 멈춰 세운 것 알고 있었다.

"으윽! 내 몸이 내 몸 같지 않습니다."

입고 있던 옷은 여기저기 찢겨 나가고 온몸이 쇠망치로 맞은 것처럼 고통스러웠다.

손과 얼굴 또한 깨진 유리 파편에 베여 상처투성이였다.

"나머지 분들은 어디에 계십니까?"

"저처럼 고생하고 있을 것입니다."

아직도 멀리서는 총소리가 들리고 있었다.

그때였다.

일단의 사람이 나와 일린이 있는 곳으로 다가왔다.

경호원들과 타만스카야 기계화 전차대대의 군인들에게 둘러싸인 옐친이었다.

옐친은 내가 장갑차를 향해 RPG-7 대전차 로켓을 발사하는 모습을 똑똑히 보았다.

그 덕분에 옐친은 안전한 장소로 대피할 수 있었다.

"정말 고맙소. 덕분에 위기에서 벗어날 수 있었소."

옐친은 손을 내밀며 악수를 청해왔다.

"아닙니다. 대통령 각하께서 무사하셔서 다행입니다."

옐친이 내 얼굴을 천천히 살펴보며 물었다.

"혹시! 우리 어디서 본 적이 없는가?"

"예, 코스모스호텔에서 연설하실 때에 뵈었습니다."

"그래, 맞아! 호도르콥스키가 소개했던 한국인 기업가가 아닌가?"

옐친은 내가 기억난 것 같았다.

코스모스호텔에서 열린 후원회에 참석했던 외국인은 내가 유일했었다.

"맞습니다. 그때 각하를 처음 뵈었습니다."

"하하하! 내가 정말이지 큰 신세를 졌네. 자세 이름이 무엇인가?"

"강태수라고 합니다."

"내가 반드시 기억하고 있겠네. 지금은 상황이 다급하니 나중에 이 신세는 꼭 갚겠네."

"무엇을 바라고 한 일은 아닙니다. 무사하셔서 다행입니다."

내 말에 감동한 옐친은 말없이 나를 안고는 등을 두드려 주며 고마움을 표현했다.

옐친은 공항에서부터 타고 온 방탄 캐딜락이 아닌 장갑차에 몸을 싣고는 황급히 벨리돔으로 향했다.

옐친의 비서실장인 세르게이는 떠나기 전 내 연락처를 확인했다.

앞으로 소련에서 나의 가장 큰 후원자가 되어줄 옐친과의 인연과 우정이 만들어지는 순간이었다.

30분 정도 지난 후에 티토브 정과 김만철도 지친 몸을 이끌고는 모습을 드러냈다.

다행인 것은 두 사람과 함께 4명의 경비원 모두가 생명을 잃지 않고 무사했다는 것이다.

경비원 한 명만이 총알에 다리를 관통하는 부상을 입었지만 생명에는 전혀 지장이 없었다.

부족한 인원과 화력 차를 신출귀몰(神出鬼沒)한 티토브 정과 김만철의 활약으로 메웠다.

더구나 옐친을 잡는 작전이 실패하여 후퇴한다는 소식이 무전으로 전해지는 순간 검은 베레와 보안대는 전투 현장을 떠나기에 급급했다.

아르바트 거리에서 벌어진 전투는 강경보수파의 행보에 큰 상처를 준 사건이었다.

보리스 옐친 또한 무사히 벨리돔에 도착하여 자신을 지지하는 사람들에게 건재함을 보여주었다.

벨리돔 광장에는 옐친을 지지하는 사람들이 모여들어 수천 명에 이르렀다.

시간이 지날수록 그 숫자는 점점 더 늘어나고 있었다.

광장의 주변으로는 트럭과 보도블록으로 탱크와 장갑차의 진입을 막기 위한 장애물들이 세워지고 있었다.

또한 퇴역한 군인 중 옐친을 지지하는 인물들이 자신이 소유한 총을 들고 와서는 주변 건물에 자리를 잡기 시작했다.

옐친은 러시아공화국의 수상이었던 이반 실라예프와 러시아 최고회의의장인 루슬란 하스불라토프 옐친을 맞이하고는 쿠데타에 대해 논의를 하기 시작했다.

더욱이 러시아공화국인민회의에 속한 인물들이 위험인물들로 간주돼 국가보안위원회(KGB)에 체포된 상황이었다.

현재 문제는 지금 쿠데타를 일으킨 주체에 대해 정확하게 아는 것이 없다는 것이다.

더구나 TV와 라디오 방송국을 비롯하여 통신을 쿠데타 세력이 모두 장악한 상태라 소련 전역에 불법적으로 일어난 지금의 사태를 알릴 방법이 없었다.

하지만 지금의 이 사태를 보고만 있을 수는 없었다.

벨리돔 광장에는 서방의 기자들과 언론인들이 취재를 펼치고 있었다.

국제 사회에도 소련에서 벌어진 이 불법적인 쿠데타를 알려야만 했다.

오후가 되자 대부분의 모스크바 중요 거점들이 쿠데타 세력이 동원한 부대에 점령당한 상황이다.

또한 쿠데타를 일으킨 보수강경파가 미하일 고르바초프 소비에트 사회주의 공화국연방대통령을 강제로 별장에 구금한 상태이며 그로부터 소련 정부의 통제권을 빼앗았다는 사실을 알게 되었다.

옐친은 서둘러 반동적·반헌법적인 쿠데타를 비난하는 '러시아시민'에게 성명서를 작성하여 발표 준비를 했다.

그는 의사당 건물을 나와, 의사당 앞을 점거한 한 탱크 위로 올라간 다음 준비한 성명을 발표하기 시작했다.

"러시아의 시민들이여! 1991년 8월 18일과 19일 밤, 이 나라의 합법적인 선거로 당선된 고르바초프 대통령께서 자리에서 물러나셨습니다. 그분의 해임과 관련한 이유 여하를 막론하고, 우리는 이렇듯 극우적이고 수구적이며 또한 비합법적인 쿠데타와 마주하게 되었습니다. 모든 어려움과 호된 시련들을 공산주의자들 덕에 겪어야 했었음에도 불구하고, 이 나라의 민주화 과정은……. 우리 소비에트 사회주의 공화국연방의 동포들은 부끄러움과 양심을 모조리 상실한 쿠데타 주모자들의 횡포와 무법적인 행동을 결단코 허용하지 않을 것임을……. 우리는 소비에트 사회주의 공화국 연방의 군인들에게 '시민들을 위한 명백한

군인으로서의 의무'를 위해서 싸울 것을 이렇듯 간청하는
바이며, 또한 극우 수구 세력 쿠데타 조직의 개가 되지 않
기를 바랍니다. 이러한 요구사항이 관철될 때까지 우리는
그들에 대한 전 세계 시민들의 무한한 공격을 호소할 것이
오!"

옐친의 연설이 끝나자 그 주위에 모여 있던 시민들이 손
뼉을 치며 옐친을 연호하며 환호성을 질렀다.

옐친은 또한 쿠데타 세력에게 불복종할 것과 전국적인
동맹 파업 요청을 시민들에게 호소했다.

이러한 옐친이 러시아 의사당을 포위한 탱크 위에 올라
가 연설하는 장면은 아이러니하게도 군인들에게 점령된 소
련국영 TV방송 저녁 뉴스 시간과 전 세계의 안방에 비쳐졌
다.

이에 따라 광범한 대중적 기반을 가진 정치운동단체 「민
주러시아」에 의한 저항운동이 먼저 시작됐다.

*   *   *

나는 아르바트 거리에 위치한 병원에서 팔과 다리에 박
힌 유리조각을 빼내었다.

온몸 여기저기에 타박상과 함께 멍투성이였다.

쉴 새 없이 쏟아지던 총알 세례 속에서 이만한 것이 천만다행이었다.

더구나 단 몇 초만 탱크의 도착이 늦었다면 지금 나는 이 세상에 없었을 것이다.

"허 참! 가만히 계시라고 그렇게 이야기했는데도."

김만철은 걱정스러운 눈빛으로 내 모습을 보며 말했다.

"후! 그게 마음먹은 대로 안 되네요."

절로 한숨이 나왔다. 나 또한 김만철이 무엇을 말하는지 잘 알고 있었다.

"그래도 대표님 덕분에 옐친 대통령이 무사하셨잖습니까. 저는 이번에 대표님을 달리 보게 되었습니다, 아니, 정말 존경하게 되었습니다."

일린의 말처럼 나를 보는 그의 눈빛이 바뀌어 있었다.

티토브 정은 사무실에 남아 뒷수습을 했다.

아르바트 거리는 흡사 전쟁터를 방불케 했다.

아직도 시체들이 방치된 채였고 경찰들이 사람들의 접근을 통제하고 있었다.

다행인 것은 도시락라면의 판매장과 도시락 건물은 피해를 보지 않았다.

옐친은 아르바트 거리를 떠나면서 피해를 본 건물들을 사태가 수습되는 대로 정부 차원에서 보상해 주겠다고 말했다.

"이젠 다시는 이런 일에 휘말리고 싶지 않네요. 지금 사태가 어떻게 돌아가고 있는지 알려진 것은 없죠?"

자신의 친동생이 다친 것처럼 걱정해 주는 김만철을 보며 물었다.

"당연히 그러셔야 합니다. 사람 목숨은 단 하나뿐이니까요. TV에는 계속해서 국가비상사태위원회에서 발표한 내용만 반복해서 나오고 있습니다."

"음, 아직은 그러겠죠."

머릿속에 들어 있는 기억들을 끄집어내었다.

문제는 쿠데타가 내가 알고 있던 날짜와 진행이 달라졌다는 것이다.

아르바트 거리에서의 총격전도 이전 역사에서는 전혀 일어나지 않은 사건이었다.

총상을 입고 입원한 경비원을 만나 위로하고는 우리는 다시 사무실로 향했다.

도시락지사 건물 앞에는 다섯 명의 경비원이 아예 소총을 지닌 채 경비를 서고 있었다.

특별한 상황 때문인지 거리에 나와 있는 경찰도 아무런 제지를 하지 않았다.

더구나 소련 경찰들도 지금의 일어난 사태에 다들 당황

한 모습이었다.

그들에게 내려오는 윗선의 명령도 단일화되지 못하고 혼선을 빚고 있었다.

Chapter 2

혼란스런 하루가 지나가고 있었다.

쿠데타를 일으킨 국가비상사태위원회 세력도 그리고 쿠데타에 저항하는 옐친의 세력도 제대로 갈피를 잡지 못했다.

서로가 취하고 있는 행동들이 다들 어정쩡했다.

옐친을 아르바트 거리에서 놓친 순간부터 쿠데타 세력은 바로 후발 조치를 시행하지 못했다.

그 결과 벨리돔 광장으로 옐친을 지지하는 수많은 시민을 모여들게 만들었다.

만약 벨리돔 주변을 철저하게 통제했더라면 시민들이 쉽게 이곳으로 모여들 수 없었을 것이다.

더구나 국영 TV 방송에 탱크 위에 올라서서 연설하는 옐친의 모습이 방영된 것도 문제였다.

KGB 요원들이 국영 TV 방송국에 급파되고 나서야 옐친과 관련된 보도가 완전히 중단되었다.

뒤늦게라도 KGB에서 자국 내의 방송뿐만 아니라 해외 방송의 송출을 엄격하게 통제하기 시작했다.

그리고 국가비상사태위원회가 소련을 완벽하게 통제하고 통치하는 것처럼 꾸미는 방송이 나왔다.

TV와 라디오 정규 방송이 중단된 것은 물론 신문 발행까지 중지되거나 왜곡된 정보를 방송에 내보내자, 현재 모스크바에서 일어나고 있는 사태에 대한 정확한 정보를 알 수 없게 되었다.

전 세계의 눈이 소련의 모스크바에 쏠려 있었지만 그곳에서 들려오는 정보는 미비했다.

쿠데타 반대 세력을 이끌고 있는 옐친도 지금의 사태를 서방과 소련 각 지역에 있는 자신의 지지자들에게 알려야만 했다.

*   *   *

현재 크렘린에도 사람들이 몰려들어 쿠데타에 반대하는 시위를 하고 있었다.

벨리돔 광장으로 많은 사람이 몰려들었지만 언제 쿠데타 세력이 탱크를 밀고 들어올지 몰랐다.

현재 탱크와 장갑차를 막아내기 위해 장애물로 설치한 것은 거리의 보도블록과 공사 자재들뿐이었다.

만약 군대가 마음먹고 탱크를 몰고 광장 안으로 들어온다면 막아낼 방법은 없었다.

그나마 광장에 모여든 사람들이 인간사슬이 되어 방패막이 노릇을 하고 있기 때문에 진압 병력이 움직일 수 없었다.

또한 광장에 모인 시민들이 술병을 이용해서 화염병을 만들고 있었다.

벨리돔의 한 회의실에서 옐친과 쿠데타 반대 세력 인물들이 논의를 하고 있었다.

"많은 사람이 광장에 몰려들어 쿠데타군의 행동을 방해하고 있지만 쿠데타 세력이 언제 다시 움직일지 모릅니다. 더구나 문제는 연락이 되지 않는 동지들이 늘어나고 있다는 겁니다."

러시아공화국의 수장인 이반 실라예프가 심각한 표정으

로 말했다.

"음, 뭔가 특별한 조치를 해야 하는 상황이오. 지금 벌어지고 있는 일들을 소련 국민들에게 제대로 전달할 수만 있다면 많은 것이 달라질 것이오."

옐친의 지지 세력은 폭넓었지만 그들과 연락이 되질 않았고 연락을 취할 방법 또한 없었다.

더구나 소련 전역에서 쿠데타 세력에게 맞서는 궐기가 일어나야 붉은 군대가 쉽게 움직일 수 없게 된다.

문제는 모든 통신과 방송을 쿠데타 세력이 장악하고 있다는 것이다.

"후! 방법을 찾아야 하는데 뚜렷한 해법이 떠오르지 않습니다."

러시아 최고회의의장인 루슬란 하스불라토프가 한숨을 내쉬며 말했다.

"반드시 시간을 우리 편으로 만들어야 하오. 제가 도움을 받았던 한국인 기업가가 있는데 그 친구를 통해서 외부로 연락을 취하는 것을 한번 알아보겠소이다. 미국이 도와주기로 했지만 지금 그쪽과는 연락되지 않고 있으니 무작정 기다릴 수도 없으니 말이오."

미국은 옐친을 돕겠다는 말을 전했지만 어떻게 도울지에 대한 구체적인 방법을 이야기하지는 않았다.

현재 옐친은 모스크바뿐만 아니라 소련 전역에 있는 지지 세력을 결집해 쿠데타 세력에 대항해야만 했다.

쿠데타 반대 세력은 전국적인 파업을 진행하길 원했지만 그에 대한 상황을 전달할 방법이 현재로서는 없었다.

"그것도 하나의 방법일 수 있겠습니다. 그 나라의 언론과 접촉해서 우리의 입장을 서방에 알리는 것도 중요한 일입니다. 이럴 때일수록 국제 사회의 압력과 지지가 더욱 필요한 때입니다."

"맞습니다. 지금 우리가 우선적으로 해야 할 일입니다."

실라예프의 말에 하스불라토프 또한 찬성의 뜻을 보였다.

옐친은 자신의 의견에 두 사람이 전적으로 동의하자 나에게 사람을 보내기로 했다.

그 시간 쿠데타 세력의 중심인물인 내무장관 보리스 푸고는 내무부 산하 검은 베레을 동원해 다시 한 번 옐친 체포를 위한 작전을 세우고 있었다.

그들과 함께 국가보안위원회 소속의 특수부대인 알파 부대가 지원하기로 했다.

*   *   *

늦은 밤 나를 찾아온 인물은 뜻밖에도 옐친을 근접 경호하는 인물 중 하나였다.

그는 옐친이 탱크 위에서 발표했던 '러시아시민'에게라는 성명서와 옐친을 지지하는 세력에게 보내는 메시지가 담긴 서류를 건네주었다.

이미 벨리돔의 통신과 전기는 완전히 끊긴 상황이었다.

외부로 연락하기 위해서는 인편을 통해야만 했다.

더구나 점차 벨리돔과 크렘린으로 향하는 도로와 길이 차단되거나 검문검색이 강화되었다.

옐친의 움직임을 감시하기 위해서 시민으로 위장한 KGB 요원들도 벨리돔에 침투한 상황이었다.

"이걸 한국 언론이나 외국 언론에 넘기라고요?"

"예, 현재 벨리돔은 점점 고립되어 가고 있습니다. 오늘 밤을 넘어 새벽이 고비가 될 것 같습니다. 전국적인 저항이 있어야 할 시점입니다. 방송과……."

그가 말하고자 하는 바가 무엇인지 정확하게 이해했다.

지금 옐친과 관계된 인물들이 하나둘 KGB 요원들에게 체포되거나 감금된 상태였다.

옐친을 지지하거나 돕기 위해 움직이는 세력과 옐친을 연결시켜야만 쿠데타를 막아낼 수 있었다.

단순히 시민들이 크렘린과 벨리돔에 모여 저항한다는 것

만으로 쿠데타를 막아낼 수 없었다.

"휴! 알겠습니다. 제가 어떻게든 해보겠다고 전해주십시오."

나도 모르게 한숨이 새어 나왔다.

"고맙습니다. 어려운 시기에 함께한 친구는 절대 잊지 않겠다고 말씀하셨습니다."

옐친의 말을 전한 경호원은 마지막 말을 끝으로 사무실을 떠났다.

"정말 방법이 있겠습니까?"

같이 이야기를 들었던 김만철의 말이었다.

"글쎄요. 당장은 바로 생각나는 것이 없습니다. 하지만 저를 믿고 부탁을 했으니 어떻게든 해봐야죠."

김만철의 말처럼 뚜렷한 방법이 떠오르지 않았다.

우선 모스크바에 나와 있는 한국의 신문기자나 방송국 관계자가 있는지를 알아봐야만 했다.

모스크바 한국대사관에 연락을 취해 연락처를 알아보기 위해서 수화기를 들었는데 '삑' 하는 소리와 함께 전화가 불통이었다.

30분 전만 해도 전화가 되었는데 지금은 통화를 할 수 없는 상태였다.

"전화가 안 되네요?"

내 말에 김만철이 옆에 있던 전화기의 수화기를 들었다.
역시 마찬가지였다.

"이것도 마찬가지입니다."

"이런! 하필 이럴 때에."

낭패였다.

"휴! 이럴 땐 정말 인터넷이라도 있었으면……."

양손으로 머리를 감싸 쥐며 한숨을 내쉴 때에 갑자기 떠
오른 기억이 있었다.

'렐컴(RelCom)!'

렐컴은 인터넷의 전신이라고 할 수 있는 당시 소련의 이
메일 시스템이었다.

소련 최초의 이메일 시스템은 소련이 극비로 운영하던
쿠르차토프연구소가 개발을 맡았다.

약 1만 명의 핵과학자와 수학 신동이 모여 있던 이 연구
소는 냉전 시대에 서방 측의 과학과 기술력을 따라잡으라
는 특명을 받았다.

이들은 과제 중 하나였던 컴퓨터통신 분야에서 1990년
돌파구를 마련했다.

컴퓨터파일 하나를 일반 전화선을 통해서 인접 국가인
핀란드에 보내는 데에 성공한 것이다.

그러나 그 중요성이 널리 알려지지 않았고 그걸 알아보

는 정부 관리도 없었다.

개발된 지 1년이 지난 1991년에도 이용자가 연구소와 몇몇 국가기관 등 대략 3천여 명에 그쳤다.

하지만 소련 외부로 유일하게 핀란드와 연결됐던 렐컴의 이메일 통신망은 당시 유즈넷으로 알려진 전 세계 컴퓨터 통신망과 연결되어 있었다.

유즈넷은 인터넷의 전신으로 1991년 현재 온갖 화젯거리를 전파하고 파일을 교환하는 데 이용되고 있었다.

나는 이 렐컴에 관한 이야기를 과학 잡지를 통해 알고 있었다.

"렐컴을 이용한다면 옐친의 말과 지금의 상황을 전할 수 있다."

내가 독백처럼 내뱉은 말에 김만철이 물었다.

"무슨 말씀입니까? 렐컴이라요?"

"그런 게 있습니다. 지금 바로 쿠르차토프연구소로 가야 합니다."

렐컴에 대해 설명해 보았자 김만철은 알아듣지 못했다.

지금은 쿠르차토프연구소로 가는 것이 우선이었다.

*   *   *

쿠르차토프연구소는 모스크바에서 얼마 떨어지지 않은 곳에 자리 잡고 있었다.

우리는 곧장 사무실에서 나와 쿠르차토프연구소로 향했다.

일린이 연구소의 위치를 알고 있어서 동행했다.

문제는 경비가 삼엄한 쿠르차토프연구소에 어떻게 들어갈 수 있는지가 관건이었다.

우리는 사무실에 있는 닉스 신발과 달러를 챙겼다.

몰래 들어갈 수 없다면 소련에서 제일 잘 통하는 뇌물을 줄 생각이었다.

모스크바에서 40분을 달려서 도착한 쿠르차토프연구소는 여러 건물이 넓은 부지에 흩어져 있었고, 철조망과 높은 담으로 둘러싸여 있었다.

쿠데타 때문인지 이곳의 분위기도 어수선해 보였다.

연구소 안쪽으로 들어가기 위해서는 방문증이나 신분증이 필요했다.

더구나 건물 안쪽까지 들어가기 위해서는 두 번의 보안 검문을 거쳐야만 했다.

건물 안으로 들어가서도 보안카드가 없으면 연구실로 통하는 문을 열 수가 없었다.

"방법이 없습니다. 정면 돌파해야겠습니다."

주변을 둘러보았지만 경비가 생각한 것보다 철저하고 삼엄했기 때문에 몰래 들어갈 수가 없었다.

"그게 차라리 나을 것 같습니다."

나의 말에 김만철도 동의했다.

현재 쿠르차토프연구소 내에 설치된 렐컴 시스템의 운영을 맡고 있는 사람은 마리아 스테파노바 박사였다.

그의 이름을 어렵게 생각해 낸 것이 그나마 다행이었다.

연구소를 방문한 이유에 스테파노바 박사를 만나기 위해서라는 사유를 댈 수 있었다.

우리는 소련에서 아무나 쉽게 탈 수 없는 고급승용차인 벤츠를 타고 있었다.

벤츠가 연구소의 정문으로 들어서자 경비원들이 순간 긴장하는 눈빛이었다.

고급차량이 한밤중에 들어서니 더 그런 것 같았다.

"어디서 오셨습니까?"

경비원이 차를 제지한 후에 방문 목적을 정중하게 물어왔다.

"마리아 스테파노바 박사를 만나러 왔습니다."

"무슨 일 때문이시죠?"

"연구 협력 관계 때문에 한국에서 왔습니다. 비행기가 연착하는 바람에 약속된 시간보다 늦었습니다."

"잠시만 기다려 보십시오. 약속이 되어 있는지 방문 기록지를 살펴보겠습니다."

경비원이 방문 목적과 방문 인원이 적혀 있는 서류를 살펴보기 위해 경비실로 들어갔다.

기록지로 보이는 파란 서류철을 여러 장 넘기며 살펴보는 것 같았다. 물론 약속된 것은 전혀 없었다.

경비원이 다시 나와 말을 건넸다.

"그런 기록은 없습니다."

"우리가 늦어서 아마 연락이 제대로 전달되지 않아서 그럴 것입니다. 모스크바에 도착하자마자 전화를 걸었지만 불통이어서 연락할 방법이 없었습니다."

지금 모스크바는 점점 엉망으로 변해가고 있었다.

"글쎄요. 기록이 되어 있지 않으면 연구소로 들여보낼 수 없습니다. 내일 다시 연락을 취하시고 오십시오."

경비원은 귀찮다는 표정을 보이며 말했다.

"국가 간 협력차원에서 이루어지는 일이오. 오늘 반드시 스테파노바 박사를 만나 처리해야 할 일입니다. 만약 이 때문에 한국과 소련 간의 과학 협력 계약이 체결되지 못하면 그 책임은 모두 당신이 져야 할 것입니다."

다짜고짜 내가 강압적으로 말하자 경비원이 순간 크게 당황해했다.

그때 일린이 조수석에서 내려 경비원에게 다가갔다. 그리고는 백 달러짜리 지폐를 보여주며 무슨 말을 하는 것 같았다.

백 달러는 경비원 월급에 두 배가 넘는 금액이었다.

우리는 경비원에게 당근과 채찍을 동시에 펼쳤다.

정문경비실에 있는 경비원은 모두 세 명이었다.

일린은 그들에게 똑같이 돌아갈 수 있게 삼백 달러를 꺼내 들었다.

그러자 경비원 중 하나가 어딘가로 전화를 걸었다. 그리고는 바로 문을 열어주었다.

차로 돌아온 일린이 조수석에 다시 앉았다.

"뭐라고 했나?"

"모스크바에 위치한 정부기관들의 전화번호를 주면서 걸어보라고 했습니다. 전화를 건 세 군데 다 러시아공화국 관련 기관입니다."

모스크바에서 전화가 불통되는 지역이 늘고 있었다. 교환원조차 연결되지 않았다.

더구나 옐친과 관련된 러시아공화국 기관들과 연결되는 통신은 모두 끊긴 상태였다.

쿠르차토프연구소는 러시아공화국 과학정책기관과도 관련되어 있었다.

내가 경비원들에게 한 말은 틀린 이야기가 아니었다. 거기다가 생각지도 않은 달러를 주자 마음이 흔들렸다.

경비원들은 내가 연구소 안으로 들어간 기록을 적지 않으면 그만이었다.

두 번째 검문소에서 스테파노바 박사가 머물고 있는 건물까지 알아냈다.

정문에 위치한 경비소에서 연락을 받았는지 어렵지 않게 통과할 수 있었다. 물론 두 명의 경비원에게도 백 달러씩 주었다.

다행스러운 것은 스테파노바 박사가 지금 연구소 내에 머물고 있었다는 것이다.

이제부터가 문제였다.

만약 그가 협조해 주지 않는다면 이곳까지 어렵게 달려온 목적을 이룰 수가 없었다.

*   *   *

우리는 스테파노바 박사가 근무하는 건물 밖에서 그를 기다렸다.

그에게 경비실에서 전화를 걸어 한국에서 급한 일로 인해서 만나러 왔다고 전했다.

그는 내 말을 듣고도 나를 만나려 하지 않았다. 그도 그럴 것이 나하고는 전혀 만난 적도 없는 관계였다.

지금 쿠르차토프연구소에 와 있다는 말에 잠깐 동안만 시간을 내겠다는 말을 들은 것도 다행이었다.

5분 후쯤 30대 후반으로 보이는 여자가 엘리베이터에서 내려 건물 밖으로 나오는 모습이 보였다.

갈색 머리에 검은 뿔테안경을 쓴 전형적인 과학자의 모습이었다.

"저를 만나자고 하신 분들입니까?"

스테파노바는 나와 김만철을 보며 말했다. 일린은 만약을 대비해 차에서 대기하고 있었다.

"맞습니다. 스테파노바 박사님을 만나기 위해 모스크바에서 달려왔습니다."

나는 나에 대한 소개도 없이 밑도 끝도 없는 말을 던졌다.

스테파노바는 내 말에 난감한 표정을 지었다.

생전 처음 본 인물이 다짜고짜 중요한 일이라며 자신을 만나러 온 것부터가 이상했다.

"무슨 일 때문에 절 만나러 왔는지는 모르겠지만, 지금은 제가 중요한 실험을 하고 있어서 시간을 내드리지 못하겠습니다. 먼 길을 오셨지만 정말 미안합니다."

아니나 다를까 스테파노바는 말을 마치고는 다시 건물 안으로 들어가려고 몸을 돌렸다.

"지금 박사님이 하시는 실험보다 백 배, 천 배 중요한 일입니다. 아니, 소련의 운명이 걸린 일입니다."

내 말에 걸음을 옮기던 스테파노바의 발걸음이 멈춰졌다. 그녀는 나를 돌아보며 물었다.

"소련의 운명이 걸린 일이라는 게 뭘 말하는 거죠?"

스테파노바가 호기심을 보이자 나는 곧바로 말을 이었다.

"지금 모스크바에서 벌어지고 있는 사태를 모르고 계시지는 않을 것입니다. 믿으실지는 모르겠지만 보리스 옐친 러시아공화국 대통령의 전언(傳言)을 가지고 왔습니다. 지금 모스크바에서 일어난 쿠데타를 막기 위해 소련 국민들에게 전달할 말입니다."

"그걸 왜 이곳으로 가지고 오셨죠? 차라리 방송국으로 가지고 가는 게 더 낫지 않을까요?"

스테파노바는 정확한 사태를 파악하지 못하고 있었다.

"TV 방송국과 라디오 방송국뿐만 아니라 신문사도 모두 KGB 요원들의 손에 넘어간 상태입니다. 제대로 된 정보와 쿠데타에 반대하며 싸우고 있는 사람들의 이야기를 국민들에게 전해야만 하는데 지금 상황에서는 그럴 수가 없습니다. 만약 전국적으로 쿠데타에 반대하는 궐기가 일어나지 않는다면 공산당이 일으킨 쿠데타가 성공할 수도 있습니다. 그렇게 되면 모든 것이 예전으로 돌아가게 될 것입니다. 더욱이 고르바초프 연방대통령도 흑해 별장에 감금된 상태입니다. 이러한 소식을 전할 수 있는 게 이곳뿐이기 때문에 왔습니다."

스테파노바는 내 말에 안경을 추켜올리며 말했다.

"렐컴을 말씀하시는 것 같군요. 한데 지금 우리 실험실에 KGB 요원이 와 있습니다. 렐컴이 국제 교섭과 교류에 이용되는 걸 그쪽에서도 알고 있는지, 오늘 오후에 연구실로 찾아왔습니다."

스테파노바의 말에 나는 놀랄 수밖에 없었다.

KGB가 먼저 손을 쓸 거라고는 전혀 생각지도 못했다.

"네? KGB 요원이 찾아왔다고요? 그런데 KGB 요원이 몇 명이나 있습니까?"

"두 명이 왔었는데 현재는 한 명뿐입니다. 한 명은 1시간 전에 돌아갔습니다."

'한 명이라… 이대로 돌아가면 역사가 달라질 수도 있다.'

가능성이 없지 않았다.

어떻게든 렐컴을 이용해 옐친의 전언을 전해야만 했다.

"그들이 렐컴에 대해 잘 알고 있습니까?"

"아닙니다. 어떤 식으로 렐컴이 통신에 연결되어 사용되는지는 알지는 못합니다. 단순히 통신 시스템 중에 하나라는 것밖에 모르는 것 같습니다."

스테파노바의 말에 한시름 놓을 수 있었다.

"휴! 천만다행이네요. 그럼 이걸 렐컴과 연결되어 있는 핀란드와 소련의 각 지역으로 보내주실 수 있겠습니까? 강요는 절대 하지 않겠습니다. 읽어보시고 박사님께서 결정하시면 됩니다."

나는 보리스 옐친이 보내온 문서를 스테파노바에게 보여주었다.

천천히 그녀는 옐친이 벨리돔에서 낭독했던 연설문과 그의 지지자들에게 보내는 요청 상황을 읽어나갔다.

스테파노바는 조금 전과는 달라진 모습으로 나를 보며 말했다.

"소련인도 아니신 분이 이렇게 열심히 나서서 움직이고 계시는데 제가 다 부끄럽네요. 문서는 모두 보낼 수 있습니다. 하지만 문제는 KGB 요원의 눈을 피해서 보내야 하는데 연구실에서 나가질 않고 있습니다."

그녀가 하는 말이 무엇인지 알 수 있었다.

KGB 요원이 지키고 있는 상황에서 옐친의 문서를 핀란드와 렐컴 시스템이 연결된 곳으로 보낼 수는 없었다.

"이 문서를 보내는 데 얼마나 시간이 필요하십니까?"

"적어도 10분 이상은 필요합니다."

"요원은 우리가 어떻게든 해보겠습니다. 저희를 연구실 안으로 들여보내 주실 수 있겠습니까?"

내 말에 스테파노바는 잠시 고민하는 눈치였다.

사실 그녀의 연구실은 소련에서도 극비사항을 다루는 연구실이었고 아무나 함부로 들여보내서는 안 되는 곳 중 하나였다.

스테파노바는 결심한 듯 말했다.

"알겠습니다. 절 따라오시죠."

그녀의 연구소가 위치한 건물의 안에도 경비원이 있었다.

그 경비원은 스테파노바와 이야기하는 내내 우리를 지켜보고 있었다.

"잠시만 기다려 주십시오. 차에 뭐 좀 가져올 것이 있습니다."

나와 김만철은 사무실에서 준비한 닉스 신발을 모두 꺼내 들고는 연구실로 향했다.

건물 내의 경비원에게도 준비한 백 달러를 건네자 입이 함지박만 하게 커지며 우리를 통과시켜 주었다.

렐컴이 있는 연구실은 지하 2층에 있었고, 현재 연구실에는 다섯 명의 연구원이 머물고 있었다.

"어떻게 하실 생각이십니까?"

닉스 신발이 들어 있는 상자 4개를 들고 있는 김만철이 물었다.

나 또한 신발 상자 4개를 들고 있었다.

"휴! 사실 지금 아무 생각이 없습니다."

"그럼 이걸 왜 들고 가야 합니까?"

김만철이 신발 상자를 가리키며 물었다.

"그냥 혹시나 해서요."

"하하하! 정말이지 못 말리겠습니다. 뭐 안 되면 강제적으로라도 해결해 버리시죠."

"그건 최후의 수단입니다. 그러다가 연구소에 있는 분들이 피해를 입을 수도 있으니까요."

"그건 그러네요. 그냥 때려 부수고 싸우는 거라면 오히려 좋겠는데, 이건 그러지도 못하니까 더 힘드네요."

김만철과 말을 하는 사이 우리는 연구실 앞에 도착했다.

스테파노바가 문을 열기 위해 출입문의 비밀번호를 눌렀다.

'어떻게든 KGB 요원의 시선을 연구실에서 돌려놔야 하는데.'

스르륵!

연구실이 문이 열리자마자 나는 들고 있던 신발 상자를 바닥에 내팽개치고는 다짜고짜 김만철에게 달려들었다.

우당탕!

"이 새끼가! 나를 속여!"

김만철이 어리둥절한 표정으로 나를 보았다.

하지만 그도 이내 눈치를 채고는 들고 있던 신발 상자를 내던지며 내 멱살을 움켜잡았다.

"보자보자 아니까 어린놈이 맨날 나를 무시하기만 하고!"

우리 두 사람의 행동에 연구실 내에 있는 모든 사람의 시선이 쏠렸다.

바닥에 내동댕이쳐진 운동화가 KGB 요원으로 보이는 인물 앞으로 굴러갔다.

그는 연구실에 있는 사람들이 의사처럼 흰 옷을 입은 것과 달리 검은색 잠바를 입고 있었다.

KGB 요원은 운동화를 집어 들고는 천천히 우리에게로 걸어왔다.

"이봐! 뭐하는 짓들이야?"

그의 말에 상관없이 나와 김만철은 계속 고함을 지르며 서로에게 욕을 했다.

그때 스테파노바가 KGB 요원에게 요청하듯 말을 던졌다.

"저들 좀 어떻게 해주시면 고맙겠습니다. 저희 연구에 큰 방해가 되네요."

"한데 저들은 누구입니까?"

KGB 요원의 질문에 스테파노바가 순간 주춤했지만, 곧바로 침착하게 말을 이었다.

"위층 연구실 사람들입니다. 모스크바에서 선물을 사온다고 했었습니다."

스테파노바의 말에 KGB 요원은 의심의 눈초리를 거두고는 우리 곁으로 걸어와 우리 둘을 떼어놓으려고 했다.

"이제 그만들 하시오. 뭐 때문에 이러는 것이오?"

그의 말에도 아랑곳하지 않고 우리 두 사람은 아예 바닥에 쓰러져 더욱 나뒹굴었다.

KGB 요원의 시선이 나와 김만철에게 쏠리는 사이 스테파노바는 옐친의 보낸 문서를 렐컴에 올리기 시작했다.

"이 새끼가! 이거 안 놔!"

"뭐라고! 이놈이 보자보자 하니까."

마치 원수가 진 것처럼 악을 쓰며 달라붙어 있는 우리 두 사람을 KGB 요원은 밖으로 끄집어내려 했다.

하지만 그의 힘으로 안 되자 연구소에 있는 연구원을 불렀다.

"이봐! 보고만 있지 말고 이리 와서 뜯어 말리라고."

그의 말에 남자 연구원이 자리에서 일어나 우리 쪽으로 걸어오려고 할 때였다.

스테파노바가 작게 이야기를 건넸다.

"시간을 좀 더 끌어."

그녀의 말에 남자 연구원이 가볍게 고개를 끄떡였다.

남자 연구원까지 가세하자 우리는 연구실 밖으로 끌려 나왔다.

그는 연구실 밖으로 나오자 우리에게 신분증을 제시하며 싸움을 멈출 것을 지시했다.

KGB 요원은 우리 두 사람의 싸움이 재미있었는지 싸운 이유를 물어왔다.

연구실에서 연구원들을 감시했던 것이 지루했던 모양새였다.

"이 친구가 신발 가격을 속였습니다."

"무슨 소리야 신발 가격을 속이다니?"

우리 두 사람의 말에 KGB 요원은 손에 들고 있던 닉스 신발을 유심히 살펴보았다.

"이 운동화는 어디서 구한 것이오? 이런 신발 디자인은 처음 보는데."

KGB 요원은 어느새 관심사가 우리에게서 닉스 신발로 옮겨갔다.

그도 그럴 것이 닉스 신발의 디자인과 품질은 소련에서 전혀 접할 수 없는 것이었다.

"한국에 있는 친척에게 겨우 부탁해서 구할 수 있었습니다. 한국에서 최고 인기를 얻고 있는 신발이라고 합니다."

러시아어를 현지인처럼 능숙하게 말하자 KGB 요원은 나를 고려인으로 보는 것 같았다.

"혹시 나도 좀 구해줄 수 있겠소?"

KGB 요원은 닉스 신발에 상당한 관심을 보이고 있었다.

"그게 가격도 만만치 않고 오늘 가져온 게 전부라서……."

나는 일부러 말을 흘렸다.

"이 신발을 구해주면 나도 부탁 하나 들어주겠소. 우리가 뭘 하는지는 잘 알고 있지 않소이까."

소련 땅에서 KGB 요원과 알고 지낸다는 것이 얼마나 유용한지 누구나 아는 사실이었다.

"저희가 타고 온 차에 하나 정도는 여분이 있을 겁니다. 같이 가보시겠습니까?"

내 말에 KGB 요원은 잠시 망설이는 눈치였다.

"차는 바로 이 건물 앞에 주차되어 있습니다."

"그럼 잠깐 갔다 오면 되겠군."

내 말에 KGB 요원이 따라나섰다.

몇 시간 동안 연구실에 있었지만 특별한 것은 없었다.

나와 김만철은 일부러 천천히 걸어서 차가 있는 곳으로 향했다.

KGB 요원이 닉스 신발을 얻는 사이 스테파노바 박사는 옐친의 문서를 렐컴을 통해서 무사히 외부로 전달할 수 있었다.

얼굴 만면에 웃음을 짓고 품안에 닉스 신발을 들고 돌아온 KGB 요원은 평상시와 다름없는 연구소 분위기를 감지할 뿐이었다.

나와 김만철은 가져간 닉스 신발을 모두 스테파노바 연구실 사람들에게 나누어 주고는 모스크바로 돌아왔다.

그 시간 렐컴을 통해 전달된 옐친의 소식이 빠르게 소련 전역은 물론 렐컴과 연결된 핀란드의 연구소를 통해서 유즈넷에 올려져 세계 전역으로 퍼져 나갔다.

유즈넷은 인터넷의 전신으로 전 세계 컴퓨터통신망과 연결되어 있었다.

가장 먼저 이 소식을 전한 것은 영국의 BBC 방송이었다.

Chapter 3

다음 날 우리가 스테파노바 연구소에 갔다 온 보람이 나타났다.

자정부터 새벽까지 통행 금지령이 내려진 상황에서도 이른 아침부터 크렘린 광장과 벨리돔으로 사람들이 모여들었다.

대부분이 대학생과 젊은 사람들로 유즈넷에 올려진 옐친의 연설문과 국민들에게 보내는 요청을 보거나 전해 들었다.

더욱이 크렘린을 수비하는 수비대가 옐친과 함께하겠다

는 소식을 전해왔다.

소련의 수도인 모스크바의 심장과도 같은 크렘린이 상징하는 바는 컸다.

옐친도 고르바초프도 모두 크렘린에 집무실이 있었다.

처음 옐친은 크렘린에서 쿠데타 세력에게 대항할 계획이었지만 크렘린을 경비하는 KGB 특별부대 때문에 벨리돔으로 방향을 바꾸었다.

현재 KGB 특별부대를 제외한 크렘린의 수비대가 옐친의 편에 선 것도 쿠데타 세력에 대항하는 소련 국민들의 모습과 무관하지 않았다.

시간이 지날수록 시민들도 크렘린 내부에서도 반발이 심해졌다.

시민들은 쿠데타 세력에 동원된 군인들에게 야유와 적대적인 모습을 보였다.

그런 시민들의 행동과 모습에 군인들은 당황했고 섣불리 움직이지 못했다.

크렘린 내부에서도 쿠데타에 참여하지 않거나 지지하지 않은 정치인과 관료들의 반발이 점점 갈수록 심해져 갔다.

그러한 부담감에 쿠데타 세력은 저항의 주체가 되어버린 옐친을 제거하기 위한 작전을 세우고 있었다.

더구나 고르바초프의 최측근인 대통령자문위원인 바딤 빅토로비치 바카틴과 대통령 외교자문특별위원 예브게니 프리마코프가 크렘린에 머물면서 저항 운동을 개시했다.

이들을 체포하라는 명령이 KGB에 내려왔지만 어쩐 일인지 그 명령이 제대로 이행되지 않았다.

이들 때문에 크렘린을 손에 넣으려는 쿠데타 세력의 계획이 늦어지고 있었다.

오전 10시가 넘어가자 벨리돔에는 5만 명이 넘는 시민이 몰려들었다.

그리고 그 숫자는 점점 더 늘어나고 있었다.

시민들은 지하 라디오방송과 미국의 소리(VOA), 그리고 영국의 BBC 등의 해외방송을 통해서 정확한 소식을 하나둘 접할 수가 있었다.

방송에서 나온 내용 중에는 우리가 렐컴을 통해서 전달한 이야기도 흘러나오고 있었다.

통신 시설과 시스템의 발달은 원천적인 정보의 통제를 할 수 없게 만들었다.

모스크바와 레닌그라드를 비롯한 여러 도시에서 대규모 쿠데타 반대 시위와 동맹 파업이 시작되었다.

옐친을 지지하는 집회를 연 레닌그라드 시장인 소브차크

는 쿠데타를 반대하는 의사를 적극적으로 드러냈다.

레닌그라드 광장에서 열린 쿠데타 반대 집회에 10만 명이 넘는 사람이 몰려들었다.

KGB를 이끄는 블라디미르 크류츠코프 KGB 의장에 의해 소브차크 시장을 체포하라는 지시가 내려졌지만 레닌그라드 KGB 사령관이 아예 소브차크 시장을 지지하는 선언을 해버렸다.

더구나 발트해 공화국의 군부대들은 그 지역의 개혁파 요인들을 체포하라는 명령을 받았지만 이를 무시했다.

또한 발트지역 주요 통신실과 언론사들을 장악하도록 파견한 병력 가운데 해군 최고 지휘관을 포함하여 고위 장교들이 이탈해 버리는 일이 벌어졌다.

하지만 내무부 산하 특수부대인(ONOM)과 공수부대는 발트 3국의 정부청사와 라디오 TV 방송국 점령 임무를 완수했다.

쿠데타를 주도한 8인의 국가비상사태 구성원은 지금 소련 전역에서 벌어지고 있는 상황에 당황스러워했다.

한편에서는 계속해서 정부 요인들의 체포가 이루어지고 있었다.

쿠데타의 한 축을 이끌고 있는 드미트리 야조프 국방장관은 국방부 간부들로부터 간밤의 정세를 보고받았다.

쿠데타를 일으킨 공산당 보수 강경파의 지지가 신통치 않다는 정보였다.

더구나 군 내부에서도 심각한 분열이 노출되었다.

군의 이반이 심상찮음을 감지한 쿠데타 주동 세력은 옐친이 머물고 있는 벨리돔을 공격하는 것으로 의견이 모아졌다.

이대로 있다가는 쿠데타 세력이 옐친이 이끄는 민주개혁 세력에게 완전히 밀릴 수도 있는 상황이었다.

KGB와 내무부에서 세우고 있던 작전명 그롬(우뢰)를 보다 빠른 시간 안에 진행하기로 했다.

*   *   *

우리는 라디오를 통해서 BBC 방송을 청취했다.

소련 전역에서 옐친이 요청했던 저항 운동과 동맹 파업이 하나둘 시작되고 있다는 소식이었다.

렐컴 운영자 스테파노바는 동료 연구원의 도움으로 계속해서 모스크바에서 벌어지고 있는 일들을 렐컴을 통해 외부로 전송했다.

"확실히 모스크바 시민들의 움직임이 달라진 것 같습니다. 시민들이 거리에 설치된 검문소를 우회해서 크렘린과 벨리돔으로 가고 있습니다."

모스크바 시내 주변을 돌아보고 온 티토브 정의 말이었다.

"다행입니다. 이제 며칠 안 있으면 쿠데타의 향방이 가려질 것입니다. 이대로라면 쿠데타는 반드시 실패합니다."

나는 자신 있게 말했다.

기존 역사와 달리 조금 틀어진 부분도 있었지만 지금은 역사대로 흘러가고 있었다.

"그렇게 되면 좋겠습니다. 저희는 불안해서 아무 일도 못하고 있습니다."

표정이 좋지 않은 빅토르 최의 말이었다.

전화가 아직까지 연결되지 않아서 가족들에게 안부를 전하지 못하고 있었다.

"며칠만 참으면 됩니다. 그리고 나서가 우리에게는 더 중요합니다. 이 혼란이 수습되려면 상당한 시간이 필요할 것입니다."

쿠데타를 막는 것도 중요했지만 그 이후 소비에트연방 공화국은 해체되고 러시아로 국가명이 바뀌었다.

그 시점에서 세계 2위의 초강대국 지위를 누렸던 러시아는 경제가 미끄럼 타듯이 내리막길로 들어섰고, 극심한 혼란에 빠져들고 말았다.

자본주의식 시장경제체제 경험이 부족했던 러시아 경제는 현재의 경제 사정을 극복하기 위해 도입한 자본주의 시장체제 때문에 지금보다 더 지독한 혼란과 빈부의 양극화가 이루어졌다.

물가는 널뛰듯 했고 식량 사정은 더욱 악화되어 갔다.

"지금까지는 대표님의 말씀대로 진행된 것 같은데. 국가비상사태위원회가 이대로 물러날까요?"

김만철이 내게 물었다.

쿠데타가 발생한 지 하루가 지나자 8인 국가비상사태위원회에 속한 인물이 누구인지 모스크바 시민들도 알게 되었다.

"이대로 물러나지는 않을 것입니다. 오늘이 최대 고비가될 것입니다. 옐친 러시아공화국 대통령을 어떻게든 제거하거나 체포하려고 할 것입니다. 그가 사라지면 저항의 구심점이 사라지게 되니까요."

보리스 옐친은 모스크바 시민들이 가장 좋아하는 정치인이었다.

더구나 어제 쿠데타 세력이 동원한 탱크 위에 올라가 용기 있게 연설하는 모습은 그를 더욱 믿을 수 있고 신뢰할수 있는 정치인으로 인식시켜 주었다.

"그럼 국가비상사태위원회에서 아르바트 거리에서 감행했던 군사 작전을 또다시 감행할 수도 있겠는데요."

"아마도 그것보다 더 대규모로 이루어질 수 있겠죠. 쿠데타 세력도 가만히 있다가는 오히려 지금 옐친이 이끌고 있는 민주개혁 세력에게 당할 수가 있으니까요. 국제 사회도 지금쯤은 쿠데타 세력을 전방위로 압박하고 있을 것입니다."

쿠데타 첫날 미국과 유럽의 나라들은 크림반도에 감금된 고르바초프에 대한 지지를 강한 톤으로 이야기해야 할지 망설였었다.

하지만 그다음 날부터는 노골적으로 옐친 러시아공화국 대통령을 지지하고 나섰다.

또한 공산당에 속해 있는 해외 자산에 대한 동결 조치와 경제제재를 발 빠르게 진행하려는 움직임이 보였다.

이러한 국제 사회의 움직임은 국가비상사태위원회에 속한 인물들에게 압박감으로 작용했다.

"이러한 사실을 옐친도 알고 있겠지요?"

티토브 정이 궁금한 듯 물었다.

"아마도 알고 있을 것으로 생각됩니다. 그에 대해 대비도 하고 있겠지요."

"설마 천안문 사태처럼 무차별적으로 탱크로 밀어붙이지

는 않겠지요? 그때 정말 무식하게 진압을 했었지요."

김만철은 천안문 사태가 일어났을 때에 마침 북경에 머물고 있었다.

피의 금요일이라고 불린 이 사건은 양상쿤[楊尙昆] 국가주석과 리펑[李鵬] 국무원 부총리 등 강경파가 민주화를 요구하며 천안문 광장에 모여 있던 학생과 시민들을 1989년 6월 3일 밤 인민해방군 27군을 동원, 무차별 발포로 천안문 광장의 시위 군중을 살상 끝에 해산시킨 사건이다.

이때 시내 곳곳에서도 수천 명의 시민과 학생을 비롯하여 군인들이 시위 진압 과정에서 죽거나 다쳤다.

"그렇지 않으리라고 생각됩니다. 군대 내에도 옐친을 지지하는 사람이 많으니까요. 아르바트 거리로 달려왔던 에프도키모프 소령이 그 예로 보면 됩니다. 하지만 KGB와 내무부 산하 직속부대는 다를 수도 있겠지만요."

내 말에 김만철이 고개를 절레절레 흔들면서 말했다.

"어째 대표님은 지금 모든 상황에 대해 한눈에 본 듯이 파악하고 계시는 것 같습니다. 마치 부처님 손바닥에 올라간 손오공을 보는 것처럼 말입니다."

"하하! 제가요? 상식적인 선에서 이런 식으로 움직이지 않을까 하는 생각으로 이야기한 것입니다."

"그렇다고 하더라도 전문적인 지식이 없으면 알 수 없는 것들도 알고 계시니 더 놀라울 뿐입니다."

이번에는 티토브 정의 말이었다.

이들이 볼 때 나는 쿠데타와 관련된 대부분을 예측하고 그에 대한 준비 과정에서 위기에 빠진 옐친을 구하기까지 한 것이다.

일반적인 관점에서 보더라도 지금까지의 일은 보통 사람이 할 수 있는 범주를 넘어섰다.

'후! 너무 드러나게 말하고 행동했나. 미래를 안다고 해도 쉬운 일은 아니구나.'

"하여간 우리는 회사에 피해가 가지 않도록 최대한 방비를 하는 것이 우선입니다."

"알겠습니다. 대표님의 말씀대로만 하면 문제 될 것이 없으니까요."

김만철은 이번에 겪은 일로 인해서 더욱 나를 신뢰하는 마음을 가졌다.

아니, 지금 사무실 안에 있는 모두가 진심으로 나를 믿고 따르는 계기가 되었다고 말하는 게 정확할 것이다.

*　　　*　　　*

모스크바의 한 비밀스러운 건물 안 사무실에 한 남자가 미간에 골이 깊게 패인 채 고민스러운 표정을 짓고 있었다.

그는 다름 아닌 쿠데타의 한 축을 담당하는 보리스 푸고 내무장관이었다.

"야조프가 제대로 일을 못 하고 있어."

푸고는 드미트리 야조프 국방장관에 대한 불만을 토로하고 있었다.

현재 모스크바의 장악력을 더욱 강화하기 위해 모스크바 근교에는 있는 4개 사단에 이동 명령을 내렸는데 그중 2개 사단이 이런저런 핑계를 대면서 진입을 미루고 있었다.

이러한 징후는 다른 곳에서도 나타났다.

수많은 군 장교가 국가비상위원회의 명령을 따르지 않았다.

더구나 공군에 소속된 방공사령부의 장군들과 공수부대 고위사령관이 국가비상위원회의 지지를 거절하고 옐친 러시아공화국 대통령을 지지하고 나섰다.

"이대로 있다가는 저희가 수세에 몰릴 수 있습니다."

푸고 내무장관에게 보고하는 인물의 눈매가 마치 늑대의 눈처럼 무척이나 사나웠다.

얼굴에는 큰 상처가 눈 아래와 왼쪽 뺨에 나 있었다.

"음, 크류츠코프는 이번 계획을 찬성했나?"

크류츠코프는 KGB를 이끌고 있었다.

"쉽게 결정을 내리지 못하고 있습니다."

"놈도 뒤를 생각하는군. 다들 물러 터져서 뭐 하나 제대로 일을 해내지를 못하고 있어."

푸고는 지금의 상황이 답답했다.

"그냥 저희끼리 진행하시는 것이 어떠신지요?"

"그래도 KGB의 힘은 필요해. 크류츠코프에게 다시 한번 연락을 취해. 그래도 안 되면 그때 결정한다."

"알겠습니다. 그럼 저는 준비를 하겠습니다."

사내는 푸고에게 절도 있는 경례를 하고는 사무실을 나섰다.

사무실 밖에는 사내의 부관으로 보이는 인물이 대기하고 있었다.

그 또한 범상치 않은 인물처럼 보였다.

"어떻게 되셨습니까?"

"다들 지금의 사태에 당황하고 있다. 갑자기 겁쟁이로 변한 것이지. 역사를 바로잡기 위해서는 작은 희생은 필요한 법이다. 바로 진행한다. 놈들에게 연락을 취해라."

"알겠습니다."

사내의 부관은 빠른 발걸음으로 어디론가 향했다.

*　　*　　*

벨리돔 광장에는 옐친을 지지하는 모스크바의 시민들이
가득 차 있었다.

벨리돔 주변에는 여전히 탱크와 장갑차들이 둘러싸여 있
지만 어제보다는 긴장감이 떨어진 모습이었다.

그중에는 옐친을 지지하는 지휘관이 이끄는 부대도 있었
다.

그러나 그러한 상황은 오후 들어 갑작스럽게 돌변하기
시작했다.

폭동 진압 부대로 유명한 내무부 산하 OMON과 검은 베
레들이 벨리돔에 새롭게 등장한 것이다.

40대의 장갑차와 30대의 탱크를 앞세운 채 뒤따르는 수
송 트럭만 90여 대에 이르렀다.

이들은 이천여 명에 달하는 완전무장한 병력이었다.

어제부터 벨리돔에 머물고 있던 타만스카야 기계화 사단
병력은 뒤로 물러나고 있었다.

또한 벨리돔으로 통하는 도로와 길에는 새로운 바리케이
드가 쳐졌다.

하늘에도 두 대의 헬리콥터가 나타나 상황을 살피듯이

정찰하고 있었다.

이들의 등장으로 벨리돔 광장 주변의 공기는 싸늘하게 변해 갔고 무언가 곧 벌어질 것 같은 분위기로 바뀌었다.

30분 뒤 또 다른 특수부대로 보이는 수백 명의 군인이 벨리돔에 나타나자 분위기는 더욱 사나워졌다.

분명 뭔가 곧 일어날 것 같은 일촉즉발의 상태였다.

옐친은 벨리돔 안에 위치한 회의실에서 이 상황을 보고받고 있었다.

"지금 나타난 부대는 국가보안위원회(KGB) 산하 특수부대인 알파 부대라고 합니다. 다른 특수부대인 빔벨 부대는 크렘린으로 향했다고 합니다."

옐친의 경호실장인 세르게이는 쿠데타군에 속해 있는 협조자가 비밀리에 보내온 내용을 전했다.

"정말 어리석은 일을 벌이려고 하다니. 후우! 저들이 얼마나 많은 피를 보고 싶어서 이러는지 모르겠군."

옐친은 깊은 한숨을 내쉬며 말했다.

"광장에 모인 시민들과 저희를 지지하는 군인들은 어떠한 일이 있어도 광장에서 물러서지 않겠다고 했습니다."

"고마운 일이야. 지금 저들의 행동을 막아낼 수만 있다면 주도권을 우리가 가져올 수 있을 텐데."

옐친의 수심이 깊어졌다.

분명 쿠데타의 상황은 달라지고 있었다.

소련 전역에서 쿠데타에 반대하는 시위와 파업이 벌어졌다.

더욱 고무적인 것은 각 군의 고위급 지휘관들이 옐친을 지지하는 발언까지 나오고 있다는 것이다.

소련의 붉은 군대가 민주주의와 정의의 대열에 서고 있었다.

문제는 내무부 산하의 군과 KGB에 속한 특별부대들이었다.

지금 눈앞에 보이는 부대들도 푸고와 크류츠코프의 명령에 따르는 직할 부대들이었다.

*   *   *

벨리돔 광장이 한눈에 들어오는 건물 안에는 열한 명의 범상치 않은 사내가 모여 있었다.

그들의 전면에는 푸고 내무장관의 집무실에서 보았던 미지의 사내가 서 있었다.

그의 이름은 이고르로 아프가니스탄 전쟁 영웅이자 검은 베레를 이끄는 실질적인 인물이었다.

"너희가 할 일은 다른 게 없다. 보리스 옐친을 무슨 일이 있어도 제거하는 것이다. 성공하는 순간 너희는 바로 석방될 것이고 범죄 기록은 삭제되어 영원히 자유의 몸이 될 것이다. 더욱이 너희 각자에게는 미국 달러로 1만 달러씩 제공할 것이다. 목표물인 옐친을 제거한 인물에게는 특별히 10만 달러를 상금으로 줄 것이다."

이고르의 말에 사내들의 표정이 환하게 바뀌었다.

이들은 살인이나 그에 따르는 중대한 범죄를 저지른 마피아 조직원이 대부분이었다.

이들 모두는 짧게 20년에서 길게는 종신형을 받았다.

그중 몇 명은 사형수이기도 했다.

"돈은 확실한 것입니까?"

10만 달러면 소련에서는 평생 놀고먹어도 되는 큰돈이었다.

"물론이지. 나는 이런 걸로 너희를 속이지 않는다. 성공하는 즉시 이 돈은 너희 것이 된다."

이고르는 자신의 앞에 놓인 007가방을 열었다. 그의 말처럼 가방 안에는 달러가 가득 들어 있었다.

사내들은 가방 안에 든 돈을 확인하자 눈빛이 달라졌다.

지긋지긋한 감옥에서 벗어나 자유를 누릴 것도 좋지만 그 자유를 더욱 만끽할 수 있게 만들어줄 수 있는 것은 돈이었다.

소련의 감옥은 인권이란 존재가 아예 통용되는 곳이 아니었다.

낙후된 시설과 배고픔, 그리고 구타가 당연시되었고, 더욱이 죄수끼리 약육강식의 세계가 펼쳐지는 장소였다.

나약한 면을 보이는 순간 사나운 맹수들에게 물어뜯기다가 형기를 마치기도 전에 죽어 나갔다.

지금 건물 안에 있는 이들은 수감생활 도중 같은 죄수를 죽인 인물들로, 최악의 흉악범을 가두는 검은 돌핀으로 보내지려는 것을 이고르가 빼내었다.

검은 돌핀은 카자흐스탄 국경에 위치한 감옥으로 지금껏 탈주자가 단 한 명도 나오지 않았다. 그곳은 자비란 단어가 사라진 곳이었다.

검은 돌핀은 살아 걸어 들어갔다가 오직 죽어서만 나올 수 있었다.

"원하지 않은 자는 원래의 자리로 돌아갈 것이다. 영원히 고통뿐인 곳으로 말이다."

이고르의 말에 열두 명의 사내는 하나둘 앞으로 나와 소음기가 달린 권총을 집어 들었다.

그리고 이들의 오른쪽 다리마다 타이머가 부착된 시한장치가 달린 폭탄이 설치되었다.

폭탄은 강제로 제거하는 순간 바로 폭발하게 되어 있었다.

이들에게 주어진 시간은 4시간이었다.

4시간 안에 옐친을 죽이면 자유와 돈을 얻을 수 있었다.

그러나 그렇게 하지 못하면 그 후에는 죽음뿐이었다.

열두 명 모두가 총을 집어 들고는 벨리돔 광장에 모여 있는 군중 속으로 자연스럽게 스며들었다.

그 모습을 바라보고 있는 이고르는 입가에 묘한 미소가 서렸다.

"너희 모두는 대의를 위한 제물이 되는 것이다."

이고르의 손에 들인 소형 무전기 크기만 한 장치는 열두 명의 오른발에 장착된 폭탄의 원격 무선 기폭장치였다.

이고르는 열두 명의 인물 모두 옐친을 제거하는 데 희생양으로 삼을 생각이었다.

"공수부대가 작전을 거부했다고 합니다."

이고르 옆에 있던 부관이 무전으로 들어온 말을 전했다.

"후후! 결국 붉은 군대는 한발 물러나겠다는 말이군. 옐친을 제거하면 상황은 달라질 것이다. 저들이 지금 광장에

모인 어리석은 인민들의 마음에 불신과 깊은 상처를 심어
줄 것이다."

이고르의 입꼬리가 올라가자 얼굴에 난 상처가 더욱 도
드라지게 보였다.

"옐친이 광장으로 나오지 않으면 검은 베레를 러시아의
사당으로 투입할 예정입니다."

"옐친은 반드시 광장에 모습을 드러낼 것이다. 아니, 그
렇게 만들어야만 한다. 우리가 의사당으로 침입하면 오히
려 놈을 영웅으로 만들어줄 수 있다. 우리가 아닌 인민의
손에 쓰러지는 옐친이 되어야만 한다. 그래야 우리가 일으
킨 혁명의 대의명분이 만들어질 수 있다."

"무슨 말씀인지 알겠습니다. 그리고 베스코프 대령이 대
령님을 뵙고 싶다는 연락을 해왔습니다."

이고르의 계급은 대령이었다.

또한 베스코프 대령은 KGB의 특수부대인 알파 부대를
이끌고 있는 인물이었다.

그 또한 아프가니스탄 전쟁에서 큰 활약을 펼쳤었다.

"완벽한 작전을 위해서는 베스코프가 꼭 필요하지. 이쪽
으로 건너오라고 해."

"예"

이고르의 말에 부관은 바로 밖으로 향했다.

　　　　　　　*　　　*　　　*

　사무실에서 세레브로 제련 공장과 스베르 건물의 상황을 점검하고 있을 때 즈음 티토브 정이 돌아왔다.

　그는 크렘린과 벨리돔의 주변 상황을 살펴보고 오는 중이었다.

　"상황이 좋지 않습니다. 내무부와 KGB의 특수부대들이 벨리돔에 집결하고 있습니다."

　티토브 정의 말에 나는 이전 기억을 더듬었다.

　분명 진압 작전은 진행하려고 했지만 KGB 휘하 부대의 명령 거부와 부대의 이탈, 그리고 함께 진압 작전을 펼치려 했던 헬기강습부대와 공수부대가 움직이지 않았다.

　결국 크롬(우뢰)작전은 실패로 돌아갔고 크렘린과 벨리돔에 주둔했던 부대들은 원래의 위치로 복귀했다.

　"다른 상황은 없습니까?"

　기억 속에 들어 있는 내용과 비슷하게 전개되는 것 같았다.

　"우연히 소식을 접한 것인데, 벨리돔을 진압할 부대를 지휘하는 인물이 이고르 대령이라고 합니다."

　"그게 무슨 문제라도 되는 것입니까?

"이고르 대령은 내무부 산하에 특수부대라고 할 수 있는 검은 베레를 이끄는 인물입니다. 더욱이 그는 아프가니스탄 전쟁에서 죽음의 사자로 불리었었습니다. 그가 지휘했던 부대가 지나간 곳은 살아 있는 생물체가 없을 정도로 잔혹한 전투와 학살이 이루어졌다고 합니다. 더욱이 그는……."

티토브 정은 그가 알고 있는 이고르 대령에 관한 사항을 이야기했다.

문제는 이고르 대령은 수단과 방법을 가리지 않는 전술로 아프가니스탄 전쟁에서 단 한 번도 전투에서 패배하지 않았다고 한다.

너무 잔혹한 방법 때문에 국제 사회의 비난을 불러왔지만 그를 따르는 부하들과 소련에서는 그를 영웅으로 취급했다.

전세가 점점 불리지는 상황에서 사기가 떨어지고 있던 아프가니스탄 주둔 소련군에게는 불패신화의 영웅이 필요했다.

또한 그는 강력한 소련을 동경했으며 철저한 공산주의를 신봉하는 강경보수파 중에서도 더욱 강경한 인물이었다.

티토브 정의 말을 듣는 순간 알고 있는 역사와 달리 뭔가 다른 사태가 일어날 것 같다는 느낌이 들었다.

"느낌이 좋지 않네요. 제가 벨리돔으로 직접 가서 상황을 살펴봐야 할 것 같습니다."

"제가 가겠습니다. 지금 군사 작전이 벌어질지도 모르는 위험한 곳에 가서 또 어쩌시려고요?"

김만철이 정말 못 말리겠다는 표정으로 말했다.

"저도 위험하다는 것은 잘 알고 있습니다. 오늘 하루만 무사히 지나간다면 쿠데타는 실패할 것입니다. 한데 지금 상황을 들어보니 그렇게 되지 않을 것 같다는 느낌이 듭니다."

"정말 오늘만 지나면 쿠데타가 실패하는 것입니까?"

김만철이 의구심 가득한 눈을 하며 물었다.

"제 주관적인 생각이지만 군부에는 쿠데타에 반대하는 이탈자가 많이 생겨나고 있을 것입니다. 단적인 예로 정 대리님이 벨리돔 상황을 보고 온 것처럼 현재 벨리돔을 진압하려 하는 부대 대부분이 내무부와 KGB(국가보안위원회)의 소속된 부대들입니다. 쿠데타를 주도한 핵심인물 중의 하나인 야조프 국방장관의 역할이 미미하게 작용한 것 같습니다. 그의 명령으로 움직였던 모스크바 근교 사단들의 행동도 적극적인 모습을 보이지 않고 있다는 점도 소련 군부 전체가 전적으로 쿠데타를 지지한다고는 볼 수 없습니다."

내가 이 말을 하고 있던 시각에 출동 명령을 받은 공수부대와 헬기강습부대가 오히려 옐친 쪽으로 돌아서 버렸다.

"그럼 붉은 군대가 쿠데타 세력에게 등을 돌렸다는 말입니까?"

이번에는 티토브 정이 물었다.

"전부는 아닐 것입니다. 쿠데타 세력에서 이탈한 부대들도 적지 않겠지만 그렇지 않은 부대들도 있다고 봅니다. 각 부대를 이끌고 있는 지휘관의 성향에 따라 차이가 생길 수 있으니까요."

"듣고 보니 대표님의 말씀에 일리가 있습니다. 크렘린에 주변에 주둔했던 쿠데타 부대가 크렘린 수비대에 합류했다는 말도 흘러나오고 있었습니다."

티토브 정은 내 말에 무게를 실어주었다.

"이거야 원, 남의 나라 쿠데타에 이렇게까지 신경을 써야 하는지 모르겠습니다."

김만철은 볼멘소리를 했다.

이미 한차례 아르바트 거리에서 목숨을 건 전투까지 벌였었고, 위험을 무릅쓰고 쿠르차토프연구소까지 방문했었다.

한데 이제는 진압 작전이 펼쳐지는 벨리돔으로 향하려는 나를 이해 못하겠다는 말이기도 했다.

"후우! 저도 이렇게까지 관여하게 될 줄은 전혀 몰랐습니다. 하지만 여기서 그냥 이대로 물러서면 그동안의 고생이 자칫 헛일이 될 수도 있습니다. 오늘 하루만입니다. 더는 이런 일이 없을 것입니다."

"알겠습니다. 더는 무모한 일에 참여하지 않으셔야 합니다."

"예, 이제는 그럴 힘도 없습니다. 벨리돔으로 가서 제가 꿈에서 보았던 장면과 동일하다면 그냥 사무실로 돌아오면 됩니다."

"그럼 저와 정 대리가 함께 가겠습니다."

김만철은 나의 안전을 최우선으로 생각했다.

"저야 두 분이 함께 가시면 든든하지요."

"정말 이번에는 아무 일도 없어야 하는데, 이거 목숨이 두 개도 아니니 말입니다."

김만철은 투덜거리듯 말하면 사무실을 먼저 나섰다.

그러나 그는 내 마음을 가장 잘 이해하는 사람 중 하나였다.

사무실을 나가려고 할 때 티토브 정이 내게 건네준 것이 있었다.

"만약을 위한 것입니다. 받아두십시오."

그가 나에게 내민 것은 권총이었다.

나는 순순히 그가 건네준 권총을 받아 들었다.

묵직한 권총의 감촉이 무척이나 새삼스럽게 느껴졌다.

'이 권총을 쓰는 일은 없겠지…….'

나는 권총을 뒤쪽 허리춤에 넣고는 일촉즉발의 긴장감이 넘치는 벨리돔으로 향했다.

Chapter 4

벨리돔 광장에 모인 사람들은 주변 시설물과 공사장에서 가져온 자재들로 탱크를 막기 위한 바리케이드 보강 작업을 진행하고 있었다.

어느 순간 쿠데타군이 광장으로 진입할지 모른다는 팽팽한 긴장감 속에서도 광장에 모인 사람들의 사기는 드높았다.

또한 자신들의 손으로 자유와 민주주의를 지켜내겠다는 각오도 대단했다.

우리가 벨리돔으로 향하는 도중 쿠데타에 참여했던 한

부대가 벨리돔과 반대 방향으로 되돌아가는 것을 보았다.

이들이 향하는 곳은 시 외곽으로 빠지는 도로였다.

마치 왔던 자리로 다시 돌아가는 것 같은 느낌을 주었다.

"부대가 후퇴하는 것 같은데요."

김만철이 이 모습을 보고 말했다.

"모종의 변화가 일어나고 있는 것 같습니다. 부대 스스로 후퇴할 수는 없으니까요."

내 말처럼 현재 국가비상사태위원회에 속한 인물들의 의견과 주장이 통일되지 않았다.

더구나 쿠데타 후에 각종 행정적인 조치를 수행하고 처리해야 하는 파블로프 총리가 쿠데타 직후에 고혈압으로 쓰러져 병원에 입원 중이었다.

군을 통제해야 하는 야조프 국방장관의 어정쩡한 행동도 쿠데타 세력이 신속하게 움직이지 못하게 만드는 요인이었다.

"이거 정말 대표님의 말씀대로 진행되는 게 아닌지 모르겠습니다."

김만철은 모스크바를 빠져나가는 장갑차를 보며 말했다.

"벨리돔의 상황이 가장 중요합니다. 쿠데타군이 반쿠데타의 구심점 역할을 하는 벨리돔을 장악하지 못한다면 쿠데타는 성공하지 못하고 끝날 수 있습니다. 그리고 반드시 보리스 옐친 대통령의 안전이 확보돼야 합니다."

"뭐 옐친 대통령이야 경호원들이 안전하게 보호하겠죠. 저희는 대표님의 안전이 최우선입니다."

김만철에게 중요한 것은 나였다.

대화하는 도중 차가 멈춰 섰다.

앞쪽으로 바리케이드가 쳐져 있었고 벨리돔으로 향하는 차와 사람의 통행을 막고 있었다.

"여기서부터 걸어가야겠습니다."

운전대를 잡고 있던 티토브 정의 말에 우리는 벨리돔에서 얼마 떨어지지 않은 곳에 차를 세우고 내렸다.

문제는 차에서 내려도 벨리돔으로 들어갈 수 있는 모든 도로와 길을 군인들이 통제하고 있다는 것이다.

티토브 정이 벨리돔 광장을 살피고 오기 전보다 경계가 더욱 삼엄해진 상태였다.

"이대로라며 벨리돔으로 갈 수 없겠는데요."

김만철의 말처럼 내무부에 산하 폭동 진압군이 빈틈없이 벨리돔을 둘러싸고 있었다.

"다른 길은 없을까요? 여기서는 제대로 상황파악을 할 수 없는데."

내 말에 티토브 정이 답했다.

"길이 없지는 않습니다. 대신 고생 좀 하셔야 합니다."

"고생이라니요?"

"하수도를 통해서 접근하는 방법이 있습니다."

티토브 정의 말에 김만철은 인상을 구기며 나를 쳐다보았다.

내가 굳이 하수도를 통해서 간다면 김만철도 따라올 수밖에 없었다.

"그리로 가시죠."

생각할 것도 없었다. 어떻게든 벨리돔으로 가 상황을 살펴야만 했다.

내 말에 티토브 정은 벨리돔과 연결된 대형 하수관이 있는 모스크바 강가로 나를 안내했다.

"크! 정말 냄새가 장난이 아니구먼."

김만철은 고개를 절레절레 흔들면서 뒤에서 따라왔다.

"북한 특수부대에서 침투 작전 같은 걸 하실 때 하수도로 진입한 적이 없으십니까? 영화에서 보면 많이 나오던데."

나는 투덜대는 김만철을 보며 물었다.

"저는 당당하게 정면으로 들어가는 방법을 선택했지 이런 구질구질한 하수도로는 다니지 않았습니다. 산 지 얼마되지도 않은 옷인데, 이거 냄새가 빠지지도 않을 것 같습니다.”

블라디보스토크에서 넝마와 같은 옷을 입고 있던 때가 엊그제 같았던 김만철은 요새 정장 차림의 옷을 많이 입었다.

지금도 세미 정장 스타일의 옷을 입고 있었다.

“다른 옷을 입고 오시지 그러셨어요.”

“누가 하수도로 들어올 줄 알았습니까? 대충 상황만 살피고 다시 사무실로 돌아갈 줄 알았죠. 이거 신발도 다 버렸네.”

하수도 안쪽으로 더 들어가자 침전물과 오물 때문에 신발이 개펄에 빠지듯이 푹푹 들어갔다.

나는 김만철의 투덜거림이 싫지 않았다.

처음 만났을 때는 사람을 믿지 못해서 오는 경계심과 어두운 면이 그를 사로잡고 있었다. 하지만 지금은 그 모든 것이 사라진 상태였다.

10분 정도 더 걸어 들어가자 벨리돔으로 통하는 하수구 출구가 나왔다.

바깥쪽에 자물쇠로 잠겨 있었지만 우리에게는 권총이 있었다.

더구나 티토브 정이 가지고 있는 총에는 소음기까지 달려 있었다.

슝! 텅!

정확하게 자물쇠에 적중된 총알에 의해서 자물쇠는 파괴되었다.

우리가 하수도에서 올라온 곳과 연결된 장소는 벨리돔의 보일러실이 위치한 곳이었다.

다행히 보일러실에는 사람의 그림자가 보이지 않았다.

지하 2층에 위치한 보일러실을 벗어나 시설 관리자들이 드나드는 통로를 통해서 자연스럽게 광장 쪽으로 향했다.

벨리돔 광장에는 적어도 5만 명에 이르는 사람들이 쿠데타에 반대하는 시위를 하고 있었다.

그들 중에는 일반 총기류와 사냥총을 들고 있는 사람도 있었다.

하지만 그 숫자가 그리 많지는 않아 보였다.

또한 보리스 옐친을 지지하는 군인들도 군중 속에 함께 섞여 있었다.

바리케이드가 쳐져 있는 곳에도 옐친을 지지한 군인들이 타고 온 장갑차 몇 대가 장애물처럼 세워져 있었다.

광장에 모인 사람들의 사기는 높았고 절대로 물러서지 않겠다는 의지가 대단했다.

쿠데타군이 대규모 유혈 사태를 각오하지 않는 이상 광

장에 모인 사람들을 강제적으로 해산하기가 힘들 것 같았다.

'정말 이대로 쿠데타가 끝날 것 같은데……'

"뭐 꿈에서 본 것과 다른 것이 있습니까?"

5분 동안 주변을 둘러본 김만철의 말이었다.

"글쎄요. 크게 다른 것 같지는 않습니다."

"그럼 사무실로 돌아가시죠."

"그래야 할 것 같습니다. 이대로 무사히 오늘이 지나면……"

쾅!

내 말이 끝나기도 전에 광장의 동쪽에서 큰 폭발음과 함께 붉은 화염이 하늘로 솟구쳤다.

그 주변에 있던 사람들이 비명을 지르며 사방으로 흩어졌다.

쾅!

그리고 또다시 우리와 얼마 떨어지지 않은 곳에서 폭탄이 터졌다.

광장을 포위하고 있는 진압군에서 포를 쏘거나 공격을 가한 것이 아니었다.

갑자기 사람들 사이에서 폭탄이 터진 것이다.

그때였다.

아아악!

한 사내가 공포에 질린 채 비명을 지르며 광장을 가로질러 달려갔다.

쾅!

순간 사내의 몸에서 강렬한 폭발음과 함께 사내의 몸이 산산조각 나는 모습이 똑똑히 눈에 들어왔다.

반원구 모양으로 퍼져 나가는 불꽃들과 무지막지한 충격파가 주변에 있던 사람들을 도망칠 틈도 주지 않은 채 순식간에 사로잡았다.

세 번의 연속된 폭발은 광장에 모인 사람들에게 공포심을 심어주기에 충분했다.

더구나 지금의 폭발은 자살특공대처럼 폭탄을 몸에 지닌 사람에게서 일어난 것이다.

그러자 광장 중앙에 집중적으로 모여 있던 사람들이 흩어지기 시작했다.

쾅! 쾅!

다시금 연달아 폭발음이 들려왔다.

폭탄이 터지는 순간 정면으로 충격을 받은 사람들의 내장이 짓뭉개지고 조각난 팔다리가 사방으로 흩어졌다.

그때마다 찢어지는 듯한 비명이 여기저기서 들려왔다.

이제는 너 나 할 것 없이 공포에 질린 사람들이 광장을 벗어나려고 아우성이었다.

개중 침착성을 잃지 않은 사람도 있었지만 대부분의 사람은 그렇지 못했다.

"몸에 폭탄을 두른 사람이 있다!"

나처럼 폭발 현장을 목격한 사람이 소리치는 소리에 사람들은 더욱 공포에 사로잡혔다.

언제, 어디서 터질지 모르는 눈먼 폭탄은 쿠데타에 맞선 용기 있는 동지와 동료를 불신하게 만들었다.

내가 알고 있던 소련 쿠데타의 전개 과정과는 전혀 다른 일이 지금 벌어지고 있었다.

*   *   *

이고르 대령이 혼란과 공포에 휩싸인 벨리돔 광장을 보며 말했다.

"후후! 보았는가? 공포는 모든 것을 잠식하고 잊게 만들어 버리지. 그래서 내가 스탈린 동지를 존경한다네."

스탈린은 소련을 완전하게 자신의 손아귀에 넣으려는 수단으로 피의 숙청을 진행했었다.

피의 숙청 기간 동안 당과 군대에서 450~550만 명이 숙청당했고, 그중 80~90만 명이 사형이 집행되었다. 나머지는 유배당하거나 행방불명으로 처리되었다.

피의 숙청은 스탈린의 통치 기반 강화와 그의 편집증적인 성격 덕분에 이루어졌다.

광장에서 먹이를 먹던 비둘기 떼가 무언가에 놀라 날아오르듯이 벨리돔 광장에 모였던 사람들이 사방으로 흩어지고 있었다.

"도대체 지금 무슨 짓을 한 건가? 진압 명령은 아직 내려오지도 않았잖은가?"

KGB 산하 특수부대인 알파 부대를 이끄는 베스코프 대령이 놀란 표정이 되어 물었다.

지금 광장에서 원인을 알 수 없는 폭발이 연속적으로 일어나고 있었다.

"눈으로 보고도 모르나? 수만 명의 군대가 동원되어도 하지 못한 것을 나는 단 열한 명으로 이룬 것을 말이야. 국가의 명령을 받은 군인은 어떤 상황에서도 반드시 승리해야 한다네. 후후! 그들이 나를 이곳으로 보낸 것은 승리를 보기 위해서야."

"말도 안 되는 방법으로 국민을 희생하는 것이 승리란 말인가? 저들의 죽음을 누가 책임질 건가?"

베스코프는 이고르의 말에 수긍할 수 없었다. 그는 지금 상황에 분노하고 있었다.

"위험에 빠진 국가를 구하는 데 있어 저 정도의 희생쯤은 희생이라 말할 수 없지. 죽음은 말이야. 언제, 어느 때든지 생의 기선을 제압하고 불의의 습격을 가한다네. 오늘 저들은 단지 그 습격을 피하지 못한 것뿐이지. 지금 자네는 이 나라가 제대로 돌아가고 있다 생각하는가? 전 세계를 호령했던 소비에트 사회주의 공화국연방이 미 제국주의의 사상과 노름에 빠져 패배의 길로 걸어가는 모습을 난 이대로 두고만 볼 수가 없어. 자네도 삐뚤어진 역사의 흐름을 바꾸기 위해 위대한 혁명에 참여한 것이 아닌가?"

"나는 이런 방식은 절대로 찬성할 수 없네. 소련 국민은 우리의 적이 아니야. 이고르, 자넨 미쳤어!"

베스코프는 더는 이고르와 말을 섞는 것이 싫었다.

"자네도 어리석은 정치인과 대중처럼 썩어빠진 사상에 물들었나?"

이고르가 싸늘한 눈으로 베스코프 대령을 쳐다보며 물었다.

"나는 사상 따위에는 관심이 없네. 나는 오로지 국가와 국민의 적과 싸우는 군인일 뿐이야. 오늘 일어난 모든 책임은 자네가 지게 될 것이네."

베스코프 대령은 말을 마친 후에 곧바로 자신의 부대가 있는 곳으로 향했다.

"후후! 이미 주사위는 던져졌다네."

이고르가 베스코프 대령의 뒷모습을 보며 말하는 사이에도 광장에서 연속해서 폭발음이 들려왔다.

*   *   *

벨리돔 안에서 대책을 논의하고 있던 보리스 옐친 또한 폭발음을 듣고는 광장이 내려다보이는 창문가로 향했다.

쾅!

그가 광장을 내려다보는 순간에도 폭탄이 터지고 있었다.

"쿠데타군의 공격이 시작된 것입니까?"

러시아공화국 총리인 실라예프가 불안한 음성으로 물었다.

"모르겠소. 아직 쿠데타군이 광장으로 진입하지는 않아 보이는데."

옐친이 광장을 둘러싸고 있는 군인들의 움직임을 살피며 말했다.

그때 창문가에 모습을 드러낸 옐친을 향해 한 사내가 권총을 조준하고 있었다.

권총을 쏘기에는 조금 먼 거리였다.

옐친도 자신을 향해 권총을 겨누는 사내를 보았다.

한눈에 보더라도 그의 표정은 몹시 불안하고 공포에 질려 있었다. 권총을 잡은 손이 멀리서 보기에도 흔들릴 정도로 떨리고 있었다.

주변에 있던 옐친의 지지자들이 사내에게 총을 겨누며 소리치는 순간이었다.

쾅!

사내가 있던 자리에서 폭발과 함께 붉은 섬광이 주변을 삼켜 버렸다.

Chapter 5

모두 열한 번의 폭발이 벨리돔 광장에서 이루어졌다.

광장에 모여 있던 군중들은 모두가 공포에 질린 채 공황 상태에 빠져들었다.

사방에서 들려오는 소리는 울부짖음과 비명뿐이었다.

순식간에 광장에서는 수백 명의 사상자가 발생했다.

한마디로 끔찍한 테러였다.

우리는 아직 충격에서 벗어나지 못한 채 광장 바닥에 엎드려 있었다.

그때 내 눈앞으로 서서히 붉은 핏물이 흐르는 모습이 보였다.

'이건 역사에 없는 일인데……'

모든 상황이 예측할 수 없는 상태로 흘러갔다.

그와 함께 내무부 산하 폭동 진압군과 검은 베레들이 광장으로 진입하는 모습이 눈에 들어왔다.

마치 폭발이 모두 끝나기를 기다렸다는 듯한 행동이었다.

목숨을 걸고 벨리돔 광장을 지키려 했던 시민들은 그들에게 대항할 수 있는 상황이 아니었다.

충격과 공포가 시민들을 완전히 사로잡아버린 상태였다.

"저들이 들어오는 걸 보니 더는 폭발이 일어나지 않을 것 같습니다."

티토트 정이 몸을 일으키며 말했다.

그의 말처럼 첫 폭발이 일어났을 때에 폭동 진압군과 검은 베레들은 전혀 움직이지 않았다.

열 번에 가까운 폭발음이 들린 후에야 행동을 개시한 것이다.

증거는 없지만 지금의 연속된 폭발들은 분명 이들과 연관이 있을 것 같다는 생각이 들었다.

"저들의 목표는 분명 옐친 대통령일 것입니다. 서둘러 그를 피신시켜야 합니다."

나는 우리가 벨리돔 광장으로 들어왔던 하수구가 생각났다.

하수구를 통한다면 무사히 이곳을 빠져나갈 수 있을 것 같았다.

"아이고! 지금 옐친을 생각할 때가 아닙니다. 이런 짓을 벌일 정도면 죽자 살자 달려들 겁니다. 이럴 때는 피하는 게 상책입니다."

김만철은 아직도 귀가 먹먹한지 연신 귀를 매만졌다.

우리가 있던 근처에서 폭발이 일어났을 때 가장 가까이 있었다.

다행히도 우리는 폭발에 휘말리지 않았고 아무도 다치지 않았다.

김만철의 말처럼 광장에 진입하는 쿠데타군은 부상당한 시민을 구하는 것보다 벨리돔 광장에 모인 시민들을 밖으로 내몰고 있었다.

그중 복면으로 얼굴을 가린 검은 베레 수백 명이 신속하게 벨리돔으로 향하고 있었다.

"가시죠. 저들보다 늦으면 안 됩니다."

"후! 이거 정말 대표님 옆에 있다가는 제명에 죽지 못하겠습니다."

내가 벨리돔으로 발걸음을 옮기자 김만철은 어쩔 수 없이 나를 따라왔다.

*　　　*　　　*

벨리돔 광장에서 일어난 폭발을 보았던 회의실의 인물들 모두가 충격에 빠졌다.

"빨리 이곳을 벗어나야 합니다."

루슬란 하스불라토프 러시아 최고회의의장이 가장 먼저 옐친을 향해 입을 열었다.

"나는 절대로 물러서지 않겠소. 부상당한 시민들을 버리고 도망갈 수 없소이다."

"저들의 목표는 우리입니다. 우리가 건재해야 쿠데타를 막아낼 수 있습니다."

러시아공화국의 총리인 이반 실라예프가 옐친을 다시 설득하려고 말을 이었다.

"어디로 간단 말이오? 이곳에서 맞서 싸우지 않으면 우리가 패배하는 것이오. 나는 여기서 죽을 생각이오."

보리스 옐친은 결심한 듯 비장한 각오로 말했다.

두 사람은 옐친의 말에 더는 이야기를 꺼내지 않았다.

"그럼 야조프 국방장관에게 지금의 상황을 전하십시오.

그는 이번 쿠데타에서 빠지고 싶어 하는 눈치입니다."

실라예프의 말처럼 야조프 국방장관은 각 군의 주요 장성들의 쿠데타 이탈과 옐친의 지지에 당황해하며 8인 국가비상위원회에서 발을 빼려는 모습이었다.

"알겠소. 세르게이! 반드시 이곳을 사수해야 하오."

옐친은 전화를 걸기 전에 자신의 경호실장에게 비장한 말투로 말했다.

"알겠습니다. 이곳을 제 무덤으로 생각하겠습니다."

세르게이 또한 지금 상황이 마지막일 수도 있다는 것을 인지하고 있었다.

그나마 다행인 것은 광장에 모였던 시민들 중 총기를 휴대한 수십 명과 옐친에게 돌아선 군인들 삼십여 명이 벨리돔 안에 머물고 있었다.

세르게이가 회의실에서 나가자 옐친은 수화기를 들었다.

벨리돔은 다행히 전화가 가능했다.

뚜우~ 우! 뚜우~ 우!

연결음이 들리고 얼마 후 국방장관의 비서관이 먼저 전화를 받았다.

"옐친이오. 야조프 국방장관을 바꿔주시오. 무척 급한 일이오."

—잠시만 기다리십시오.

벨리돔에서 걸려온 전화를 확인한 비서관은 야조프 국방 장관에게 전화를 돌렸다.

그는 지금까지 국가비상사태위원회에서 걸려오는 전화를 회피하고 있었다.

─야조프요. 급한 일이란 무엇입니까?

"벨리돔이 지금 공격당하고 있소. 지금 광장에는 수백 명의 희생자가 발생했소이다. 분명히 말하지만 지금 벌어진 사태의 책임을 분명히 물을 것이오."

─무슨 소리를 하는 것입니까? 공격이라니요? 저는 그런 명령을 내린 적이 없습니다.

야조프는 옐친의 말에 당황한 목소리였다.

"자, 들어보시오."

옐친이 수화기를 창가 쪽으로 가져가자 총소리가 요란스럽게 들려왔다.

타타타탕!

벨리돔 안으로 진입하려는 폭동 진압 부대와 벨리돔 수비대 간의 총격전이 벌어지고 있었다.

"잘 들으셨소이까? 당신들은 소비에트연방을 내전으로 몰고 가는 사태를 만들었소. 이 사태를 어떻게 책임질 것이오?"

옐친의 분노가 고스란히 야조프에게 전달되었다.

실라예프의 말이 맞았다.

야조프는 처음과 달리 쿠데타에서 한발 물러나려는 모습이 보였다.

―잠시만 기다려 주십시오. 제가 알아보고 조치하겠습니다.

"늦지 않길 바라겠소."

야조프 국방장관은 지금의 공격 사태를 모르는 것 같았다.

*   *   *

우리는 간발의 차이로 벨리돔 안으로 진입할 수 있었다.

지금 폭동 진압군은 광장을 장악했고 검은 베레들이 주축이 되어 벨리돔을 공격하기 시작했다.

이들에게 내려진 명령은 벨리돔에 모여 있는 테러분자들을 소탕하라는 것이었다.

이고르는 무고한 시민들을 향해 테러를 사주하는 인물들이 벨리돔 안에 머물며 옐친과 함께 테러를 자행하고 있다는 말을 덧붙였다.

이젠 쿠데타 반대 세력을 아예 테러분자로 몰아가고 있

었다.

"후! 이제는 하수도가 아니면 외부로 빠져나갈 수 없을 것 같습니다."

벨리돔 광장으로 진입한 폭동 진압군은 시민들을 광장 밖으로 몰아내는 데 성공했다.

시민들은 저항했지만 그 저항은 이전과 달리 미미했다.

대부분의 시민들이 폭발을 피해서 광장 밖으로 스스로 벗어났기 때문이다.

벨리돔 안으로 들어왔지만 이제부터가 문제였다.

그 때문인지 나도 모르게 한숨이 절로 나왔다.

"지금쯤 하수도도 차단했을 겁니다. 제 생각이지만 지금 상황을 만들어낸 인물은 벨리돔 안에 머무는 인물 모두를 살려두지 않을 것 같습니다."

"예!? 여기 있는 모두를 말입니까?"

나는 토티브 정의 말에 놀라 되물었다.

"지금 벌어진 일을 보면 한 편의 잘 짜여진 시나리오대로 움직이고 있습니다. 이들은 분명 광장에서 벌어진 일을 벨리돔에 머물고 있는 사람들이 저지른 테러라고 말할 것입니다. 테러분자로 몰아가기에 좋은 상황으로 전개된 지금, 진압 과정에서 강렬하게 저항하는 테러리스트 모두를 사살할 수밖에 없었다고 말하면 시나리오는 종결되는 것이 됩니다."

"그게 말이 됩니까? 증거도 없을 뿐만 아니라 여기에 있는 사람들은 쿠데타를 반대해서 모인 것이잖습니까?"

나는 항변하듯이 티토브 정에게 되물었다.

"증거는 만들면 되고 상황은 언제나 승리한 사람들의 손에 의해서 유리하게 바뀔 수 있습니다. 한마디로 이곳에서 벌어진 일은 모두 조작이 가능하다는 겁니다."

티토브 정의 말은 쿠데타가 성공한다면 이곳에서 벌어진 진실이 묻힐 수 있다는 것이다.

쿠데타가 일어난 대부분의 나라가 그랬다.

쿠데타가 벌어진 상황에서 저지른 일들은 거의 조작되고 은폐되었다.

시간이 흘러 진실이 밝혀지기는 했지만 그 시간이 너무 오래 걸렸다.

"하긴 조작과 날조는 권력을 잡은 자들이 늘 하는 일이지."

김만철도 티토브 정의 말에 고개를 끄떡였다.

"그럼 우리가 어떻게 해야 합니까?"

순간 티토브 정의 말에 머리가 혼란스러웠다.

지금 상황에서 외부의 도움 없이는 벨리돔에서 빠져나갈 수 없는 상태였다.

"끝까지 버틸 수밖에 없습니다. 지금 벨리돔 광장에서 벌어진 사건이 외부로 알려져 다시금 쿠데타를 반대하는 시민들이나 군인들이 오기까지 말입니다."

"정말 산 넘어 산이구먼."

김만철이 나 대신 내가 하고 싶은 말을 해주었다.

"나 때문에 미안합니다."

나는 두 사람에게 정말 미안한 감정이 들었다. 내가 이곳으로 오자고 고집을 피우지 않았다면 이런 위기에 빠질 일도 없었다.

"대표님 때문에 이렇게 된 게 아니니까 미안하실 필요 없습니다. 이런 말도 안 되는 짓을 벌인 놈이 개자식이지."

김만철은 나를 위한다고 던진 말이었지만 꼭 마지막 말은 나를 향한 말 같았다.

그때였다.

여러 명의 발걸음 소리가 들려왔다.

우리가 처음 벨리돔으로 들어왔던 보일러실과 연결된 계단 쪽이었다.

그 소리에 티토브 정과 김만철은 번개처럼 계단의 양쪽 입구로 이동한 후에 벽에 몸을 바짝 붙였다.

계단 아래에서 들려오는 발걸음 소리가 좀 더 신중에 지고 조심스러워졌다.

마치 고양과 동물이 먹잇감에 조용히 다가가는 걸음걸이였다.

분명 벨리돔에 머물고 있는 사람들이 움직이는 소리가 아니었다.

그들이 굳이 이런 움직임을 보일 필요가 없었다.

나 또한 뒤쪽으로 몸을 숨겼다.

사람의 그림자가 지하 1층 계단 위로 서서히 드리워질 때에 김만철과 티토브 정이 비호처럼 움직였다.

퍽! 퍼퍽! 흑!

쿵! 탕!

총소리와 함께 연달아 짧게 소리가 들려왔다.

내가 소리가 들려온 계단으로 향했을 때는 모든 것이 종결된 상황이었다.

계단 아래에는 검은 복면을 한 인물 다섯 명이 정신을 잃은 채 쓰러져 있었다. 그들은 내무부 소속 정예부대인 검은 베레였다.

다행히도 두 사람은 다친 곳이 없었다.

"우리처럼 하수도로 잠입한 것 같습니다. 더 들어오기 전에 조치를 취해야겠습니다."

김만철은 검은 베레들의 가슴에 달린 수류탄을 모두 수거했다.

"쿠데타 반대 세력이 지하실 쪽은 신경 쓰지 못하는 것 같습니다."

티토브 정의 말처럼 벨리돔 안에 머물고 있는 사람들 대부분은 건물의 정문과 2층으로 향하는 계단에 몰려 있었다.

쿠데타에 저항하는 옐친과 정치인들이 2층에 위치한 회의실에 머물고 있기 때문이었다.

타타타탕!

타타탕타탕!

콰쾅!

말이 끝나기가 무섭게 총소리와 큰 폭발음이 벨리돔 정문 쪽에서 들려왔다.

건물이 흔들릴 정도로 큰 폭발이었다.

우리는 정신을 잃은 검은 베레들을 묶은 후 총소리가 들려오는 곳으로 향했다.

한 사람의 손이라도 필요한 때였다.

정문 쪽으로 가까이 갈수록 매캐한 연기와 함께 화약 냄새가 코를 찔러왔다.

"너무 나서지 마시라요."

김만철이 나에게 주의하듯이 당부했다.

그의 말에 나는 고개를 끄떡였다. 아르바트 거리 때와는 상황이 달랐다.

자칫 눈먼 총알에 생사가 갈릴 수 있는 상황이었다.

전투는 치열하게 전개되고 있었다.

쿠데타군도, 그에 반대하는 반쿠데타에 속한 인물들도 물러서면 끝이었다.

지금 벨리돔을 공격하는 검은 베레 대부분은 아프가니스탄 전쟁에서 이고르 대령의 휘하에서 싸운 인물이었다.

이고르 대령과 수많은 전투에서 불패신화를 함께 만들어왔던 역전의 용사들이었다.

그 때문인지 전투 경험이 적은 반쿠데타 세력에 속한 인물들이 하나둘 총탄에 쓰러져 갔다.

더구나 양쪽의 무장 차이도 컸다.

*   *   *

계단의 오른쪽 측면 아래에서 일곱 명의 검은 베레가 총을 쏘며 대기하고 있었다.

그때,

데구루루!

그들 앞으로 둥근 물체가 굴러가는 소리가 났다.

시끄러운 총격음 때문에 그들 중 한 인물의 발에 부닥쳤을 때에야 물체를 인지했다.

둥근 물체는 다름 아닌 수류탄이었다.

수류탄을 확인하는 순간 그들은 빠르게 몸을 날렸지만,

쾅!

너무 늦은 상태였다.

연이어 몇 개의 수류탄이 반대편으로도 날아들었다.

쾅! 쾅!

연속적으로 폭발음이 들린 후 계단 밑에 대기하던 십여 명의 검은 베레가 바닥에 나뒹굴었다.

2층을 점령하려 했던 검은 베레들의 움직임이 순간 늦어졌다.

타타타탕!

그리고 이어진 총소리에 서너 명의 검은 베레가 더 쓰러졌다.

이 모두가 티토브 정과 김만철의 작품이었다.

새로운 적의 출연에 검은 베레들은 순간 당황했지만, 그들은 바로 대응하며 사격을 해왔다.

검은 베레에게서 탈취한 총과 수류탄으로 잠깐이지만 쿠데타 저항군에게 시간을 벌어주었다.

그러나 검은 베레들의 병력은 아직 충분했다.

계속해서 정문과 동편에 위치한 또 하나의 문을 통해서

검은 베레들이 난입했다.

나 또한 총을 쏘며 두 사람을 도왔다.

벨리돔 안에 있는 인물들 모두가 처절한 사투를 벌였다.

더는 물러설 곳이 없는 반쿠데타 세력은 배수진을 쳤다.

그러한 마음가짐이 없던 힘을 내게 했다.

월등한 무장과 실전 전투 경험이 풍부한 검은 베레들과 대등하게 전투를 벌였다.

하지만 총알이 떨어지는 순간부터 모든 게 달라지기 시작했다.

결국 2층 계단을 내주고는 회의실로 통하는 복도에서 치열한 전투가 계속되었다.

나와 티토트 정, 그리고 김만철의 힘으로는 도저히 지금의 상황을 바꿀 수가 없었다.

우리 세 사람은 죽을힘을 다해 싸웠지만 끝내 회의실까지 점령당하고 말았다.

더구나 총알이 떨어지는 순간 우리 세 사람 모두 검은 베레에게 사로잡히고 말았다.

티토브 정과 김만철은 팔과 다리에 총상까지 입었다.

심한 부상은 아니었지만 빨리 치료를 받지 않으면 위험

할 수 있었다.

검은 베레들은 부상당하거나 사로잡힌 인물들을 모두 회의실로 몰아넣었다.

옐친은 사로잡힌 채 검은 베레에게 끌려온 나를 보자마자 악수를 건넸다.

"자넨 진정한 친구이자 영웅이네."

옐친은 낙담한 표정이 아니었다.

그때 한 인물이 검은 베레의 호의를 받으며 회의실로 걸어들어 왔다.

모든 작전을 진두지휘한 이고르 대령이었다.

짝짝짝!

"정말 대단해! 이 정도로 버틸지는 몰랐습니다."

그는 회의실이 울릴 정도로 손뼉을 쳤다.

"푸고의 지시인가? 아니면 자네가 벌인 일인가?"

옐친은 이고르를 알고 있었다.

이고르 대령이 아프가니스탄 전쟁에서의 뛰어난 수훈으로 소련 최고의 훈장인 소비에트연방 영웅 훈장을 받는 자리에 옐친도 있었다.

"위대한 소비에트연방의 분열을 막기 위한 어쩔 수 없는 조치였습니다. 각하의 저항은 여기까지인 것 같습니다."

이고르 대령은 말을 마치고는 절도 있게 경례를 부쳤다.

그러자 뒤에 있던 검은 베레들이 일렬로 서며 회의실에
몰아넣은 인물들에게 총을 겨누었다.

티토브 정이 예견한 상황이 벌어진 것이다.

그러나 다들 지금의 상황에 항변하거나 따지는 인물이
없었다.

모두가 두려워하지 않고 당당한 모습을 보였다.

그때였다.

정적을 깨는 소리가 회의실에 울려 퍼졌다.

따르릉! 따르릉!

회의실 탁자에 놓여 있는 전화가 울리는 소리였다.

순간 모든 사람의 시선이 전화기에 쏠렸다.

따르릉! 따르릉!

운명의 장난인지는 모르지만 이고르는 부관에게 전화를
받으라는 고갯짓을 했다.

그의 결정이 모든 것을 달라지게 만들었다.

"여보세요?"

─야조프 국방장관이다. 네 상관을 바꿔라.

마치 지금 상황을 모두 알고 있다는 말투였다.

부관은 야조프의 말에 이고르에게 전화기를 건넸다.

"야조프 국방장관입니다."

이고르는 전화기를 받아 들었다.

"이고르 대령입니다."

ㅡ벨리돔에서 모든 병력을 철수시켜라."

"저는 푸고 장관님의 지시를 따르고 있습니다."

ㅡ당장 철수하지 않으면 당장 네 모가지를 따서 크렘린 광장에 걸어둘 것이다.

야조프는 맹수가 으르렁거리는 듯한 말투로 다시 명령했다.

"그건 어려울 것 같습니다. 저는 푸고 장관님의 명령만을 따릅니다."

이고르가 반복해서 야조프의 말을 거절할 때였다.

수십 대의 공격 헬기와 수송 헬기들이 벨리돔을 향해 몰려들었다.

ㅡ다시 한 번 말하겠다. 네놈뿐만 아니라 지금 광장에 있는 부하 모두를 명령거부죄로 군사재판에 넘겨 평생 해를 보지 못하게 해주지.

야조프 장관의 말이 끝나기 무섭게 이번에는 벨리돔 광장으로 수백 대의 탱크와 장갑차가 몰려왔다.

그들은 광장에 진입하자마자 내무부 소속 장갑차에 포를 쏟았다.

그러자 다섯 대의 장갑차가 그 자리에서 폭발했다.

그와 더불어 벨리돔 주변에 있던 검은 베레를 향해 총을 겨누며 달려오는 군인들이 있었다.

그들은 다름 아닌 베르코프가 이끄는 KGB의 특수부대인 알파 부대였다.

광장에서 폭발이 일어난 후 곧바로 베르코프가 알파 부대로 돌아가 부대원들에게 중립을 지키라는 명령을 내렸다.

베르코프는 고심 끝에 옐친을 지지하는 쪽으로 방향을 바꾸었고 그의 결정에 반발하는 몇몇 지휘관을 설득시킨 후에야 벨리돔으로 달려올 수 있었다.

순식간에 광장을 점령했던 내무부 소속 폭동 진압군은 갑작스럽게 변한 지금 상황에 어안이 벙벙했다.

지금 자신들의 배가 넘는 붉은 군대에게 포위된 상태였다.

모든 상황을 지켜보던 이고르의 눈빛이 순간 바뀌었다.

"장관님의 말씀에 따르지요. 작전에 대한 모든 책임은 저에게 있습니다. 단지 명령에 따른 부하들은 건들지 않으셨으면 좋겠습니다."

더는 버틸 수 없는 상황이었다.

이고르는 순순히 물러나겠다는 뜻을 야조프에게 전달했다.

―옐친 대통령을 바꿔라.

이고르가 전화기를 건네면서 옐친에게 말을 건넸다. 그의 표정에는 큰 변화가 없었다.

"오늘 저는 처음으로 패배를 맛보았습니다."

옐친은 무심한 눈으로 이고르를 노려보며 전화기를 들었다.

─방금 푸고가 사무실에서 자살한 채로 발견되었습니다. 그리고 모든 군대를 모스크바에서 철수할 예정입니다. 저 또한 국방장관에서 물러날 것입니다.

뜻밖의 말이 야조프의 입에서 나왔다. 푸고가 자살할 이유가 없었다.

쿠데타 이후 상황이 원하는 시나리오대로 흘러가지는 않았지만 벨리돔이 쿠데타 세력에게 완전히 장악된 상태였었다.

"자살이 맞습니까?"

─정확한 것은 조사를 해봐야겠습니다. 무사하셔서 다행입니다.

"알겠소. 모든 상황은 추후 만나서 처리합시다.

─지금 크렘린 광장에 모였던 십만 명의 시민이 그쪽으로 향하고 있습니다. 숫자는 점점 불어나고 있다 합니다. 그들을 진정시켜 주십시오.

야조프는 그 말을 하고는 전화를 끊었다.

그의 말처럼 벨리돔의 상황이 크렘린에 전해지자 광장에 모여 있던 시민과 수비대가 벨리돔으로 향했다.

그 숫자가 십만 명에서 벨리돔 광장에 도착할 때에는 오십만 명으로 늘어나 있었다.

*   *   *

쿠데타는 역사와 달리 2일 만에 막을 내렸다.

더구나 보리스 푸고 내무장관의 자살이 너무나 뜻밖이었다.

원래의 역사에서도 그는 쿠데타 실패 이후 자살로 생을 마감한다.

문제는 쿠데타 세력이 원하는 상황이 만들어진 때에 죽음을 선택한 것이 미스터리였다.

나는 그가 자살했다기보다는 누군가에 의해 살해된 것 같다는 느낌을 지울 수 없었다.

역사와 달라진 것은 벨리돔에서 벌어진 폭발 사건이었다.

열한 번의 폭발로 인해서 사망자와 부상자가 수백 명에 달했다.

그 사건과 연관되어 내무부 폭동 진압군과 검은 베레에

의한 벨리돔 강경 진압에 따른 유혈사태가 KGB 예하 부대와 쿠테타에 참여했던 군부대의 이탈을 더욱 가속시켰다.

많은 조사가 이어지겠지만 현재 시점에서 유혈 진압의 원인을 제공하고 체포된 이고르 대령은 푸고 내무장관의 명령으로 진압을 진행했다는 말을 던졌다.

그 증거로 그는 푸고 내무장관의 명령서를 소지하고 있었다.

명령서에는 어떠한 희생이 따르더라도 벨리돔을 장악하라는 내용이었고 푸고의 서명이 들어 있었다.

그 때문인지 벨리돔 광장의 유혈사태의 책임이 푸고 내무장관에게로 돌아갔다.

이고르 대령은 단지 명령을 따르는 충실한 군인의 역할을 했을 뿐이라는 주장이 성립된 것이다.

                    *   *   *

미하일 고르바초프 연방대통령이 흑해 별장에서 벗어나 모스크바로 급히 돌아오고 있다는 소식이 전해졌다.

그는 별장에 통신이 복구되자마자 제일 먼저 보리스 옐친과 통화를 했다.

소련의 권력의 축이 보리스 옐친에게 쏠리는 상황으로

전개된 순간이었다.

또한 고르바초프는 국가비상사태위원회의 모든 결정은 무효라고 선언했고, 그들의 해산을 명령했다.

소련 검찰총장은 쿠데타에 대한 진상조사에 발 빠르게 착수했다.

오십만 명이 넘는 시민이 몰려든 벨리돔 광장에 모습을 드러낸 옐친을 향해 시민들은 환호했고 그의 이름을 쉬지 않고 불렀다.

그 역사적인 현장에서 나는 옐친의 동지들과 함께 옆에 나란히 자리하고 있었다.

옐친은 시민들의 환호에 화답할 때 내 손을 부여잡고는 함께 번쩍 손을 들었다.

옐친과 나란히 손을 든 일곱 명 중에 나는 옐친의 왼쪽 손을 직접 잡고 있었다.

"옐친! 옐친!"

오십만 명의 군중이 외치는 소리가 광장에 울려 퍼졌다.

정말 전율이 넘치는 순간이었다.

그때 사진기자에게 찍힌 사진은 전 세계 언론에 쿠데타의 실패를 알리는 소식과 함께 기재되었다.

나의 이름은 나오지 않았지만 이 일로 인해 나는 러시아 정치권과 중요 인물들에게 존재를 알리는 계기가 되었다.

더욱더 옐친과는 떼려야 뗄 수 없는 관계가 성립되었다.

김만철과 티토브 정은 다행히 뼈에는 문제가 없었고 병원에 입원해 빠르게 회복 중이었다.

벨리돔을 사수하며 끝까지 저항했다가 사망하거나 부상한 사람들에게는 영웅 칭호가 부여되었다.

쿠데타에 관여했던 인물들 모두가 자리에서 물러났으며 몇몇 인물은 검찰에 체포되어 구금되었다.

많은 지방정부의 관리들이 국가비상사태위원회를 지지한 이유로 자리에서 물러났고, 러시아 최고 소비에트에 의해서 지방관리 임명관이 옐친 대통령에게로 넘어왔다.

또한 낫과 망치가 그려진 기존 소련 시절의 국기 대신 옛 러시아 제국에서 사용하던 삼색기를 러시아의 공식적인 국기로 공표했다.

8월 23일 고르바초프는 소련 공산당 서기장직에서 물러났고 그의 후임으로 블라디미르 이바슈코가 올랐으나 그 역시 8월 28일 사퇴했다.

같은 날 옐친은 소련 공산당의 공공기록 보관소를 국가권한의 공문서 보관소로 옮겼다.

8월 24일에는 러시아에 있는 소련공산당 재산인 당위원회 본부뿐만 아니라 교육기관과 호텔들을 포함한 모든 재산이 국유화되었다.

역사와 달리 모든 날짜가 하루씩 앞당겨져 일어났다.

*　　*　　*

옐친은 러시아인도 아닌 이방인으로서 세 번이나 자신을 도운 나를 위해서 외무성에 임대한 스베르 건물을 아예 나에게 무상으로 양도해 주는 조치를 취해주었다.

그의 결정에 어느 누구도 반발하거나 반대하는 사람이 없었다.

더구나 쿠데타를 수습하는 바쁜 일정에도 아르바트 거리에 있는 판매장을 찾아와 도시락라면을 직접 시식하는 모습까지 보여주었다.

그 모습이 모스크바는 물론 러시아 전역에 방영되었고 그 여파는 어떤 광고 효과보다 크게 작용했다.

나는 그 답례로 도시락라면 만 상자를 쿠데타군에 의해서 목숨을 잃거나 부상당한 가정에 무상으로 나누어 주었다.

이러한 일 또한 모든 언론에 노출되었고 도시락라면의 인지도가 급속하게 올라가는 효과를 낳았다.

또한 내가 소유하고 있는 세레브로 제련 공장과 러시아

정부에서 진행하던 사업과 연계된 일감을 아주 좋은 조건으로 계약을 맺었다.

몇 년간은 공장이 쉬지 않고 돌아갈 수 있는 일감이었다.

옐친은 각 관계부처에 러시아에서 내가 벌이고 있는 모든 사업에 적극적인 도움을 주라는 지시를 내렸다.

권력의 핵심으로 떠오른 옐친의 말은 그날 바로 조치가 취해질 만큼 큰 힘을 발휘했다.

옐친과 맺은 인연은 놀라울 정도의 혜택으로 내게 돌아왔다.

세계 각국의 대사들은 러시아의 권력을 손에 넣은 옐친과 관계를 맺기 위해 그를 만나려고 물심양면으로 힘을 썼다.

그중 아시아에서는 유일하게 한국대사만이 옐친을 만날 수 있었다. 더구나 미국대사 다음으로 한국대사와 만남을 가졌다.

러시아 외교관은 그 사건에 매우 놀라 했고, 그 이유를 무척 알고 싶어 했다.

옐친이 한국대사를 두 번째로 만난 것은 내가 한국인이라는 이유에서였다.

다만 사정상 한국대사와 언론에는 내 이름을 알려주지 말라는 부탁을 건넸다.

이 사건은 한국 언론에 크게 주목을 받았다.

나는 러시아에서 가장 큰 권력을 소유하게 된 옐친과 항상 독대할 수 있는 몇몇 최측근처럼 그를 독대하여 만날 수 있는 유일한 외국인이 되었다.

Chapter 6

쿠데타가 실패로 끝난 일주일 후, 내가 우려했던 일들이 발생하기 시작했다.

쿠데타 이후 수많은 관리가 체포되거나 자리에서 물러나는 과정에서 후임이 결정되지 않거나 인수인계가 제대로 이루어지지 않았다.

그러자 러시아의 전반적인 국가 시스템이 삐꺽거리기 시작했다.

물류 시스템이 낙후된 상태에서 필요한 인력들마저 부족해지자 식량과 물자 공급이 원활하게 돌아가지 않았다.

소비성 물자와 함께 식료품마저 부족해져 시민들의 불만이 커졌고 물가가 가파르게 올랐다.

식료품을 판매하는 상점마다 사람들이 몰려들었고 아르바트 거리의 도시락 판매장도 예외는 아니었다.

옐친 대통령이 도시락라면을 먹는 장면이 러시아 전역은 물론 해외 언론까지 보도된 이후부터 평소보다 판매장에는 서너 배의 사람이 찾아왔다.

더구나 부족해진 식량 사정과 맞물려서인지 그 인기가 이전보다 더욱 올라갔다.

판매장에는 쿠데타에 미리 대비해 최대한 물량을 확보해 놓았지만 예상했던 것보다도 상황이 더 좋지 않았다. 5일 만에 도시락라면 십만 상자가 모두 동이나 버렸다.

한 사람에 한 상자씩만 판매했지만 새벽부터 길게 이어지는 줄은 전혀 줄어들 기미가 보이질 않았다.

도시락라면과 더불어서 준비해 두었던 밀가루는 판매하지 않고 빵을 만들어 가난한 사람들과 아이들에게 무상으로 나누어 주었다.

빵을 얻어먹으려는 사람들도 이른 아침부터 몰려들었다.

모스크바 경찰은 우리가 진행하는 무료 급식 행사를 적극적으로 도우며 주변 질서를 유지시켜 주었다.

그 덕분에 첫날 먼저 빵을 받으려고 싸우던 다툼도 사라졌다.

이러한 자선 행위는 자연스럽게 언론을 통해 알려졌고 도시락은 모스크바는 물론 러시아 전역에 러시아 국민들과 함께하는 회사로 자리 잡는 계기가 되었다.

"오늘은 어제보다 줄이 더 늘어난 것 같습니다."

빅토르 최가 길게 늘어선 줄을 보며 말했다.

"올해는 계속해서 혼란이 가중될 것입니다. 내년 이맘때가 되어야만 어느 정도 원상태로 돌아오겠죠."

길게 줄을 선 시민들의 표정에는 근심이 가득했다.

현재 모스크바의 식료품 판매점과 상점들은 지금의 상황을 이용하여 폭리를 취하는 곳이 점차 늘고 있었다.

러시아 정부와 모스크바시 당국이 폭리를 취하는 상점들을 단속하고 엄중히 처벌하겠다는 발표를 했지만 시민들이 피부로 느끼기에는 역부족이었다.

더구나 팔 물건이 없어서 상점이 문을 닫는 경우가 많았다.

시민들은 높은 가격에라도 식료품과 생활용품을 사기를 바랐다.

점차 이러한 불만들이 쌓여 가자 배고픔과 분노를 참지 못해서 상점을 약탈하는 사태가 나타났다.

"대표님의 말씀이 단 하나도 틀리지 않았다는 게 너무나 신기합니다. 이런 준비가 없었다면 저희도 약탈을 당했을 것입니다."

빅토르 최의 말처럼 아르바트 거리에 있는 한 상점이 너무 높은 가격에 물건을 판매하다가 성난 시민들에게 약탈을 당하는 사건이 발생했다.

경찰이 출동했지만 짧은 순간 상점에 있는 모든 물건이 사라지고 없었다.

이러한 일들이 모스크바 곳곳에서 벌어지고 있었다.

현재 모스크바의 치안 또한 예전 같지가 않았다.

쿠데타 이후 복구해야 할 곳이 넘쳐났지만 그나마 공사가 이루어지고 있는 곳은 벨리돔뿐이었다.

마치 피가 돌지 않는 동맥경화처럼 국가 시스템이 마비되어 여기저기서 문제점이 튀어나왔다.

시민들의 불만을 잠재울 근본적인 문제 해결 방법은 식량 구매였지만 그에 따른 예산 또한 확정된 것이 없었다.

혼란스런 과도기적인 상황에서 러시아 정부가 사용할 수 있는 예산이 너무 부족한 상태인 것이다.

지금 당장 러시아에서 가장 필요한 것은 달러를 비롯한 외화였다.

이 때문에 곡물을 수입할 수 없게 만들고 있었다.

"근본적인 문제들을 해결해야 하는데 현 정부로서는 답을 찾기가 쉽지 않을 것입니다. 올 한 해는 공산주의 잔재를 털어내는 데에 힘을 쏟겠죠. 쿠데타는 다행히도 실패로 끝났지만 러시아는 앞으로 험난한 길을 갈 것입니다."

"그래도 저희는 대표님이 계시니까 정말 든든합니다."

내 말에 고개를 끄떡이며 말하는 빅토르 최는 진정으로 나를 따르고 존경했다.

현재 러시아에 머물고 있는 외국 기업 중에서 도시락이 단기간 내에 러시아 국민들의 사랑을 받고 친숙한 기업으로 떠오르고 있었다.

이와 더불어서 도시락 회사에 대한 세금 문제와 외국 기업 유치 지원 자금 등 러시아 정부로부터 많은 혜택이 주어진 상태였다.

"이번 주가 지나면 다시 저는 한국으로 들어가야 합니다. 이곳에 계신 분들이 힘들겠지만 최선을 다해주셔야 도시락이 한층 더 발전할 수 있습니다. 또한 이곳 현지에 도시락 라면 공장을 설립할 수 있는 조건이 만들어졌으니 부지런히 움직여야 합니다."

"예, 최선을 다해 일하겠습니다."

빅토르 최의 말에는 힘이 있었다. 그는 성실하고 똑똑한 친구였다.

옐친 러시아대통령과 면담 중에 나온 이야기가 있었다.

그는 도시락라면을 직접 먹어보고는 도시락라면의 공급을 확대했으면 좋겠다는 말을 했었다.

현재 식량 문제로 골치 아픈 상황에서 도시락라면은 대체식량으로서 아주 좋은 역할을 할 수 있는 제품이었다.

가격적인 면에서도 러시아 국민들에게 큰 부담이 없다는 장점이 있었다.

그런데 문제는 한국 공장에서 생산하는 도시락라면의 생산량 한계와 러시아까지의 운송이었다.

항공기를 통해서 발 빠르게 운송할 수는 있지만 그렇게 되면 지금의 판매 가격을 맞출 수가 없었다.

현재 한국에서 판매하는 개당 400원의 금액으로 동일하게 러시아에서도 판매하고 있었다.

사실 물류비용을 생각한다면 450원은 받아야 했지만 현지공장 설립을 생각하고서 결정한 금액이었다.

지금까지의 이익은 적었지만 점차 생산량이 늘어나면서 이익은 빠르게 늘고 있었다.

만약 현지공장이 세워져 운영된다면 이익은 더 크게 발생하게 된다.

＊　　＊　　＊

이틀 동안 나는 러시아 정부의 적극적인 협조로 모스크바 근교에 위치한 공장 토지를 살펴보고 돌아왔다.

두 군데의 공장 설립 후보 토지 모두가 도로 시설과 함께 접근성이 좋았다.

마음 같아서는 두 군데 토지를 다 이용하고 싶었다.

한 곳에는 도시락라면 공장을, 다른 곳에는 마요네즈와 케첩을 생산하는 공장으로 딱 맞았다.

문제는 공장 설립에는 대규모 자금이 들어간다는 것이다.

러시아 정부는 공장 토지를 거의 무상으로 제공하겠다고 말했다.

거기다가 회사 법인세 감면, 원재료 수입에 대한 관세 감면, 설비기계 등 자본재 수입에 관한 조치를 다른 회사보다 더 우대해 준다는 조건을 달았다.

또한 전기와 수도를 사용하는 데에도 러시아 정부가 사용하는 저렴한 가격으로 공급하겠다고 말했다.

이러한 파격적인 특혜는 모두다 보리스 옐친과의 친분 관계가 크게 작용했다.

옐친은 하루빨리 경제적인 어려움을 타개하는 모습을 국민들에게 보여주기를 원했고, 고르바초프가 실패한 경제

정책과는 다른 모습을 보여주려는 욕심이 컸다.

한국대사와 만나는 과정에서도 한국 기업의 러시아 투자와 진출을 확대해 주길 요청했었다.

나는 모스크바로 돌아오자마자 도시락 공장을 세우기 위한 회의를 열었다.

"현재 회사 내 보유자금으로는 공사를 진행하기는 힘든 상황입니다. 현재 회사가 소유한 자금은 삼백만 달러입니다."

자금을 담당하고 있는 빅토르 최의 말이었다.

현재 이름을 바꾼 러시아외국무역은행에 회사 자금을 예치하고 있었다.

그 자금은 그동안 러시아에서 벌어들인 금액이었다.

외부의 자금 조달 없이 현지 공장을 세우기 위해서는 적어도 이백억 원 이상이 소요될 것으로 예상하고 있었다.

한국에서 설립하는 공장이 아니라는 점에서도 필요 자금은 더 들어갈 수 있는 여지가 충분했다.

러시아 정부에서 지원해 주는 자금은 기껏해야 수십억 원에 불과했다.

그 금액 모두는 전기 송전소와 낡은 송수관을 바꾸는 데 들어갈 예산이었다.

"알겠습니다. 이 공사는 적어도 이천만 달러 이상이 들어갈 공사입니다. 공장 건립에 필요한 자금은 제가 알아보도록 하겠습니다. 한데 공사를 진행할 만한 현지 회사가 있습니까?"

내 질문에 블라노브 김이 대답했다.

그는 빅토르 최가 끌어들인 고려인 3세로 모스크바대학을 졸업한 수재였다.

"결론적으로 말씀드리면 현지 건설 회사로는 2년 만에 공사를 끝낼 수가 없습니다. 모스크바에 들어온 스위스 건설회사가 있지만 그쪽 관계자의 말로는 현재 우리가 생각하고 있는 공사 금액보다도 최소 30% 이상은 더 추가돼야 한다고 합니다."

이천만 달러로 책정된 공사 금액은 팔도라면이 이천에 새롭게 신 공장을 세웠을 때에 들어간 금액이다.

러시아는 공사 인력 인건비가 저렴하므로 추가로 들어갈 수 있는 비용 대부분은 외국에서 들려오는 생산 설비와 건설 자재들이다.

"음, 예상한 대로네요. 제가 한국으로 들어가는 대로 한국 건설 회사들과 접촉해 보겠습니다. 다른 보고가 없으면 회의는 이것으로 마치겠습니다."

내 말에 회의실에 있던 사람들이 모두가 자리에서 일어나 밖으로 나갔다.

나는 밖으로 나가지 않고 회의실에 남아 김만철을 기다렸다.

5분 뒤에 기다리던 김만철이 회의실로 들어왔다.

"드비어스사에서 다이아몬드를 구매하겠다는 연락이 왔습니다."

나는 스베르 건물 지하에서 발견한 다이아몬드를 판매하여 공장 설립 자금을 마련할 계획이었다.

금괴는 아직 불순물을 제거하는 작업을 하지 않은 관계로 판매하지 않기로 했다.

김만철이 말한 드비어스사는 1889년 창설되어 현재 전세계 다이아몬드 원석의 가격과 물량 공급을 지배하는 회사이다.

세계 각국에서 생산된 총 공급량의 80~85% 이상이 런던에 소재한 드비어스사가 관장하는 중앙판매기구(CSC:Central Selling Organization)를 통해서 배분된다.

국제 사회에서는 이 제품을 신디케이트 상품이라 부르고 있다.

이를 위해 드비어스사는 40~50억 달러의 다이아몬드를 비축해 놓고 가격 폭락 조짐이 보이면 원석 공급을 줄이는 방식으로 수급 조절을 하고 있었다.

실제로 가격 조절은 자회사인 런던의 CSC(중앙판매기구)

를 통해 이루어진다.

1991년 현재 다이아몬드 원석의 최대 산지(공업용 포함)는 호주로 전 세계 생산량의 35%를 차지하고 있고 아프리카의 콩고민주공화국이 18.2%, 보츠와나가 17.5%, 러시아가 15.1%, 남아프리카공화국이 8.8%, 앙골라가 5.4% 등을 각각 생산하고 있다.

다만 보석류로 사용되는 다이아몬드는 남아프리카공화국이 전 세계 수요량의 80%를 공급하고 있다.

다이아몬드의 최대 생산국은 호주였지만 다이아몬드 보석의 품질로는 러시아가 최고였다.

러시아에도 알로사라는 다이아몬드 회사가 있었다.

국영기업인 알로사는 1960년대부터 일부 러시아의 국내 수요를 제외한 전량을 드비어스에 공급하면서 독점체제를 더욱 강화했다.

알로사는 드비어스에 도전하는 대신 함께 손잡고 독점적 지위를 즐기면서 세계 시장을 좌지우지하고 있었다.

드비어스는 내년에 모스크바 지사를 개설하기 위한 조사차 실무자가 모스크바에 나와 있었다.

나는 그에게 김만철을 통해서 다이아몬드 샘플을 보냈다.

"우리가 제시한 조건을 받아들이겠다고 했습니까?"

"예, 워낙 좋은 물건이라서 단번에 수락했습니다. 러시아가 아니라 유럽이나 미국에서 판매했다면 더 좋은 가격을 받을 수 있다는 것도 인정하던데요."

김만철의 말처럼 스베르에서 발견한 다이아몬드는 모두가 1캐럿 이상 크기의 다이아몬드이었다.

흔히들 다이아몬드 값어치를 이야기할 때는 중량(CARAT), 색상(COLOR), 투명도(CLARITY), 연마(CUT)를 합쳐 4C라는 평가 기준을 따른다.

다이아몬드의 무게는 일반 보석들처럼 캐럿으로 표시하며 CT라는 약자를 사용한다.

다이아몬드는 중량이 많이 나갈수록 가치가 높아지지만, 그에 따르는 색상과 커팅, 그리고 내포물의 요소들에 의해 그 가치가 엄청나게 달라진다.

다양한 범위의 색상을 가지는 다이아몬드는 무색에 가까울수록 빛의 반사가 많아지기 때문에 가장 귀하고 가치 있는 다이아몬드로 평가한다.

다이아몬드의 색깔을 D부터 Z까지 알파벳으로 등급이 정해져 있으며 D가 제일의 등급이며 무색에 가장 가까운 색이다.

또한 다이아몬드는 천연광물이기 때문에 탄소 흔적의 내포물이 존재한다.

이러한 내포물의 크기와 위치, 그리고 개수 등에 따라 다이아몬드의 투명도 등급이 FL, IF, VVS1, VVS2, VS1… 로 나뉜다.

이렇게 탄소의 흔적이 없이 투명한 다이아몬드(VVS등급)는 거래량의 5% 정도로 희소했고, 가격이 높아서 다이아몬드 유통시장에서는 조금 투명도가 떨어지는 다이아몬드(SI 등급)가 주로 거래되고 있다.

연마(Cut)는 천연석인 다이아몬드 등급 중에서 인위적으로 만들어주는 유일한 조건이다.

스베르에서 발견된 다이아몬드는 모두 라운드 브릴리언트컷으로 만들어져 있었다.

100년 전에 개발된 이 컷은 총 58면을 연마하며 전 세계 시장에서 75% 이상이 소비되는 컷으로 라운드 컷은 모든 다이아몬드 컷 중에서 가장 인기가 좋았다.

연마 상태에 따라서 Good, Very good, Excellent로 나뉘었다.

우리가 팔려고 하는 다이아몬드의 품질은 등급 중에서도 최상급의 제품으로 국제시장에서도 쉽게 찾아볼 수 없는 다이아몬드였다.

나는 1캐럿 이상의 다이아몬드를 드비어스사에 개당 만 불을 요구했다.

현재 가지고 있는 다이아몬드 중에서 총 삼천만 불어치의 다이아몬드를 판매할 계획이었다.

　더불어서 러시아가 겪고 있는 경제적인 어려움을 이용하여 드비어스사의 독점적 지위를 무너뜨릴 계획을 세우고 있었다.

　그로 인해서 발생할 이득을 러시아와 공유하여 더 큰 이득을 만들어낼 수 있는 것을 옐친에게서 받아낼 생각이었다.

Chapter 7

　모스크바를 떠나 다시금 서울로 향하는 비행기에 몸을
실었다.

　구름이 가득한 밤하늘을 보자 러시아에서 겪었던 보름
동안의 일들이 주마등처럼 스쳐 지나갔다.

　'남의 나라에서 벌어진 사건에 무엇 때문에 그토록 목숨
을 걸고 매달린 것일까?'

　지금 생각해 보니 내 자신이 이해가 되지 않았다.

　이전의 삶이 너무 무미건조해서일까, 아니면 정말 역사
의 주인공이 되고 싶어서일까…….

둘 다 정답은 아니었다. 쉽게 답을 찾을 수 없는 물음이었다.

나의 이전 삶은 마음고생이 끊이지 않는 보통 사람으로 살다가 아무 멋도 없는 일생을 비참하게 끝나버렸다.

아니, 보통 사람처럼도 살지 못했다.

그에 대한 보상 때문인지 어느 순간부터 나는 세상의 꼭대기를 향해 거침없이 달려갔다.

마치 누군가 등 뒤에서 나를 강제로 밀어 올리는 것처럼……

다시금 주어진 기회로 얻은 세상을 헤쳐나가는 데는 그 나름대로의 의미가 있었다.

하지만 지금의 나는 그 정도로는 만족하지 못하는 사람이 되었다.

'가보는 데까지 가볼 수밖에……'

비행기가 구름 위로 올라서자 하늘에는 달과 별이 경쟁하듯 심술궂은 빛을 세상을 향해 발하고 있었다.

그 빛은 일장춘몽(一場春夢)으로 끝나기 쉬운 사람들의 일생을 교만하게 비추었다.

*   *   *

김포공항에는 정오쯤 되어서야 도착했다.

이번에도 혼자가 아니었다.

하지만 티토브 정이 아닌 김만철이 함께했다.

그는 이제 어엿한 러시아 국민으로 한국에 입국할 수 있었다.

총알에 맞아가며 옐친 대통령을 위기에서 구한 보답 중에 하나였다.

김만철의 사정을 들은 옐친의 특별지시는 늦장대응으로 유명한 러시아 공무원을 전광석화와도 같이 움직이도록 만들었다.

당당하게 러시아 여권을 제시하고 나오는 김만철은 이제 도망자가 아니었다.

김만철은 나중에 북한으로 되돌아갈 길이 생기면 북한 국적을 되찾길 원했다. 북한에 있는 그의 가족 때문일 것이다.

언제가 한번 한국 국적에 대한 이야기를 해보았지만 그는 통일된 후에야 생각해 보겠다는 말로 회피했었다.

"야아! 이거 정말 삐가삐쩍한데요."

김만철은 김포공항에 들어서면서부터 입을 크게 벌린 채 주변을 정신없이 둘러보았다.

그가 한국에 온 것은 처음이 아니었다.

단지 휴전선을 넘어 국군의 경계망을 확인하기 위해 왔었을 뿐이었다.

제대로 대한민국의 수도인 서울을 방문한 것은 이번이 처음이었다.

"촌스럽게 너무 티를 내지는 마십시오. 사람들이 쳐다봅니다."

"이거 정말 모스크바하고는 전혀 다른데요. 야! 보이는 가시나들도 죄다 예뻐 보입니다."

김만철은 지나가는 아시아항공의 스튜어디스를 바라보며 말했다.

"그럼요. 서울은 세계적인 도시입니다. 너무 노골적으로 쳐다보면 이상한 사람으로 몰립니다."

"하하! 제가 남한에, 아니지 한국에 아무렇지 않게 들어올 수 있을 줄은 꿈에도 몰랐습니다."

김만철의 말처럼 그는 북한이 자랑하는 최고의 인간병기였었다.

그가 오늘처럼 아무렇지 않게 김포공항에 내려설 수는 없었다.

"말은 조심하셔야 합니다. 이곳 분들은 간첩 신고 정신이 투철해서 잘못하면 애를 먹을 수 있습니다."

"그래야죠. 역시 잘 알아들을 수 있는 말이 들려오니까,

기분이 좋습니다. 러시아어는 도통 알아듣기가 힘들어서
요."

김만철은 어느 정도는 러시아를 사용할 줄 알았지만 그
리 능통한 것은 아니었다.

오히려 중국어를 잘했다.

"저도 서울에 돌아오니 좋네요."

그때였다.

일단의 양복을 입은 사람이 출입국장을 나서는 우리에게
로 다가왔다.

그중 가장 나이가 많아 보이는 인물이 나에게 말을 건넸
다.

"강태수 씨 맞습니까?"

"제가 강태수인데, 왜 그러시죠?"

"잠깐 시간 좀 내주십시오. 저희는 국정원에서 나왔습니
다."

그는 신분증을 꺼내어 나에게 보여주었다. 삼십 대 중반
으로 보이는 인물이었다.

그 순간 김만철의 얼굴이 일그러지는 것을 보았다.

"뭐 때문에 그러십니까?"

그때 옆에 있던 인물이 옐친과 내가 벨리돔에서 군중들
을 향해 손을 들고 서 있는 사진이 기재된 신문을 보여주

었다.

"여기 계신 분이 강태수 씨가 맞는 것 같은데. 간단하게 몇 가지만 여쭤볼 말이 있어서입니다. 저리로 가시지요."

사내가 가리킨 곳은 창문에 블라인드가 내려져 있는 창고였다.

문 앞에는 관계자 외 출입금지라는 팻말이 걸려 있었다.

'후! 결국 알려졌구나.'

그를 따라갈 수밖에 없었다.

"알겠습니다. 제가 급한 일이 있으니 빨리 끝내주셨으면 합니다."

"예, 빨리 보내드리겠습니다."

그는 정중하게 말을 하고는 앞장섰다.

그와 함께한 인물들은 나와 김만철을 둘러싸듯이 걸었다.

김만철은 무척 긴장한 표정이었다.

내가 신호를 보내면 네 명의 인물을 바로 쓰러뜨릴 태세였다.

창고 안으로 들어오자 안에는 청소도구들이 있었고 그

옆으로 청소 복장을 한 젊은 사내가 책상에 앉아 있었다.

그 인물 뒤쪽으로 또 다른 문이 있었는데 문에는 번호 키가 달려 있었다.

나를 안내한 사내가 여섯 자리의 번호를 누르자 문이 열렸다.

문 안쪽은 생각보다 넓었고 대여섯 명의 인물이 자리를 잡고 있었다.

그들은 공항의 감시카메라에서 보내오는 영상들과 출입국 관련 정보를 살피고 있었다.

"저 방으로 들어가시면 됩니다."

사내가 안내한 방은 벽만 있고 창문이 전혀 없는 곳이었다.

그곳에는 책상 하나와 의자 4개만이 덩그러니 놓여 있었다.

"자! 앉으십시오. 소개가 늦었습니다. 저는 이장수라고 합니다."

이장수라고 자신을 소개한 인물은 사무실에 있던 여직원이 가져온 파일을 건네받고는 나에게 본격적인 질문을 던지기 시작했다.

방 안에는 이장수와 뒤늦게 들어온 인물이 동석했다.

그는 이장수와 비슷한 나이로 보였다.

그 뒤로는 정자세로 경비를 서듯이 젊은 사내가 서 있었다.

"러시아는 왜 방문하셨습니까?"

"사업 때문입니다. 저번 달에 저희 회사가 모스크바에 사무실과 판매장을 설립했습니다."

"제가 가지고 있는 정보로는 서울대학교에 재학 중인 걸로 나와 있는데, 사업 때문이라고요? 지금 나이가 고작 스무 살이신데."

이장수는 이해가 되지 않는다는 표정이었다.

아직 나에 대한 신상파악이 정확하게 되지 않은 것 같아 보였다.

"여기 제 명함입니다. 도시락이라고 신생 라면회사입니다."

나는 명함을 이장수에게 건네주었다. 그 명함에는 도시락대표이사 강태수라고 적혀 있었다.

내 명함을 본 이장수의 표정이 달라지는 것이 느껴졌다.

"이거 제가 실수했네요. 이것 좀 확인하겠습니다."

이장수는 내 명함을 뒤에 서 있는 인물에게 건넸다. 그러자 명함을 받은 인물이 밖으로 나갔다.

이장수의 말처럼 회사 관계자에게 나를 확인하려는 것 같았다.

"출입국기록을 살펴보면 블라디보스토크에도 방문하셨네요? 거기도 사업차 방문하신 것입니까?"

"예, 그곳에도 회사 판매장이 있습니다. 저희 회사가 라면을 생산하는 회사라서 러시아로 수출하는 라면을 대부분 배로 수송합니다. 그래서 그곳에도 사무실을 얻기 위해서 방문했습니다."

"음, 그럼 모스크바와 블라디보스토크에 사무실과 판매장이 있다는 거네요?"

이장수가 파일철에 뭔가를 적으면서 물었다.

"예, 두 곳에 있습니다."

"그리고 옆에 동석하신 분은 회사 직원이십니까?"

"예, 모스크바 지사의 현지직원입니다."

"러시아 국적분이네요. 고려인이신가 보죠?"

"예, 고려인입니다."

이번에는 김만철이 직접 대답했다.

김만철에 관련된 정보는 출입국기록에 적힌 것이 전부였다.

그때 방에서 나갔던 국정원 직원이 들어왔다. 그는 이장수에게 다가가서는 귓속말로 뭔가를 말했다.

"예, 말씀하신 대로네요. 한데 정말이지 대단하십니다. 그 나이에 회사 대표라니. 하여간 사업차로 가신 곳에서 옐친 대통령은 어떻게 만난 것입니까?"

이장수는 부하직원이 확인한 말을 듣고도 믿지 못하겠다는 표정이었다.

마치 돈 많은 잘난 아버지를 두었구나라는 얼굴로 나를 바라보았다.

"사업차 알게 된 러시아 기업가의 소개로 우연히 만나게 되었습니다."

"그럼 여기 사진에 나온 이곳에는 어떻게 가게 된 것입니까?"

이장수는 흑백사진 하나를 내게 내밀며 물었다.

전 세계 언론에 토픽으로 전해진 사진이었다. 사진에는 내가 옐친 대통령의 왼손을 잡은 채 두 손을 높이 들고 서 있는 모습이었다.

"그걸 제가 굳이 말해야 합니까? 범죄를 저지른 것도 아닌데 지금 제가 마치 범죄자처럼 느껴지네요."

내 말에 이장수의 표정이 묘하게 변했다.

그때 아무 말 없이 우리의 이야기를 듣고 있던 사내의 입이 떨어졌다.

"그렇게 들리셨다면 죄송합니다. 다 나라의 국익을 위해서입니다. 아시는지 모르겠지만 러시아 권력의 중심에 서게 된 옐친 대통령과 아시아에서는 제일 먼저 한국이 대화

채널을 열었습니다. 중국이나 일본 애들이 먼저 움직였는데도 말입니다. 이전에는 볼 수 없는 파격적인 외교 관례라고 볼 수 있습니다. 러시아대사인 박관용 대사가 옐친 러시아 대통령을 만나면서 나온 이야기 중에 강태수 씨에 대한 언급이 나왔는데……."

옐친은 박관용 대사에게 나를 평생 잊을 수 없는 친구이자 동반자로 평했다.

그리고 한국대사를 먼저 만난 이유도 나 때문이란 것을 밝혔다.

오늘같이 난처한 일이 생길까 봐 알리지 말아 달라는 부탁을 했었지만 두 사람의 대화 도중에 불현듯 나온 이야기였다.

물론 언론에는 전혀 알려지지 않은 이야기였다.

"그래서 강 대표님에게 직접 이야기를 듣고 싶어서 모셨습니다. 지금 저희와 외무부가 러시아 정부에 라인을 만들려고 노력 중입니다. 아시는 바와 같이 중국과 함께 북한에 힘을 쓸 수 있는 나라 중의 하나이기 때문입니다. 더불어서 미국에 편중된 외교 전략 차원에서도 좋은 기회가 될 수 있고요. 저희에게 도움을 주셨으면 합니다. 여기 제 명함입니다."

사내는 말을 마치자 나에게 명함을 내밀었다.

그곳에는 박영철이라는 이름과 함께 삼정실업 영업부 차장이라는 직급이 적혀 있었다.

"글쎄요. 옐친 대통령과의 인연은 우연히 만들어진 것입니다. 저는 그저 사업하는 사람이지 제가 힘을 쓸 수 있는 위치는 아닙니다. 제가 빨리 처리해야 될 일이 있어서 그만 가봐야겠습니다."

나는 자리에서 일어나려는 자세를 취했다.

그러자 이장수가 들고 있던 파일을 책상에 내려치며 말했다.

탁!

"허! 여기가 어디라고 함부로 간다 만다는 겁니까? 좋은 말로 할 때 앉으시죠."

그때 화를 내는 시어머니를 말리는 시누이처럼 박영철이 말했다.

"어허! 왜 그래, 이 과장. 오늘은 그냥 보내드려. 다음에 시간을 한번 내주시지요?"

그의 말에 나는 어쩔 수 없이 대답할 수밖에 없었다.

"알겠습니다."

뒤에 서 있던 사내의 안내로 우리는 다시 공항대합실로 나왔다.

나와 김만철이 나가자 박영철은 이장수가 집어던진 서류철을 집어 들었다.

그곳에는 나의 사진과 이력이 빼곡하게 적혀 있었다.

내가 도시락의 대표라는 사실과 함께 닉스와 명성전자의 소유하고 있다는 것도 이미 알고 있었다.

그들은 나에 대해 모든 것을 알고 있는 상황에서 질문을 던졌던 것이다.

더욱 놀라운 것은 서류철에는 김만철의 사진과 함께 그가 북한의 해상저격여단의 출신이며 1990년 3월에 북한을 탈출했다는 사항도 적혀 있었다.

"한마디로 대단해. 어떻게 이 나이에 이런 것들을 할 수 있지."

박영철은 믿을 수 없다는 표정이었다.

"저도 조사하는 과정에서 정말 놀랐습니다. 뭐 하나 못난 구석을 찾아볼 수가 없는 친구였습니다. 더구나 김만철을 떡 하니 대동하고 나오는 모습에서 순간 너무 놀라 정신이 멍해질 정도였습니다."

이장수는 김만철을 잘 알고 있었다.

그가 이전에 속했던 국정원 사업부에서 벌였던 작전이 김만철로 인해 실패를 겪었었다.

"잘 지켜보자고. 이 친구를 통해서 뭔가 만들어낼 수 있을 것 같으니까. 어쩌면 하늘이 우리에게 준 기회일지도 몰라.".

말을 하는 박영철은 서류를 보며 뭔가를 깊이 생각하는 모습이었다.

Chapter 8

역시나 돌아갈 집이 있다는 것이 최고로 좋았다.

집에 들어서자마자 머리 아프던 일들이 순식간에 사라져 버린 것만 같았다.

엄마는 집에 들어서는 나를 보자마자 안도의 한숨을 내쉬며 말했다.

"아휴! 이놈아, 엄마가 얼마나 걱정했는지 알아?"

엄마는 소련에서 일어났던 쿠데타를 TV에서 보시고는 잠을 제대로 이루지 못하셨다고 했다.

"죄송해요. 갑자기 일어난 일이라서 저도 놀랐어요. 이젠 괜찮아졌으니까 걱정하지 않으셔도 돼요."

"그래도 앞으론 위험한 곳에는 가지 말아라. 아버지도 얼마나 걱정하셨는지 아니?"

"네, 그럴게요. 아버지는 어디 나가셨나 봐요?"

"아버지 친구분 일 좀 도와주러 가셨다. 요새 몸이 많이 좋아지셨는지 종종 친구분 공장에 나가신다."

엄마의 말처럼 아버지의 몸 상태가 회복되어 예전처럼 활동하셔도 크게 지장이 없게 되었다.

이 모든 것이 돈에 구애받지 않고 서울에서 가장 시설 좋고 실력 있는 의사가 상주하는 병원에서 꾸준히 치료받은 결과였다.

"무리하지는 마셔야 하는데."

"가만히 있으면 오히려 병이 생기는 거야. 병원에서도 괜찮다고 하니까 천천히 움직이시는 거지. 뭐 아버지가 공장 일 때문에 속병이 생겼던 거지, 원래 튼튼한 분이시다."

엄마의 말처럼 평생 일터로 여기신 공장이 갑작스럽게 부도가 나자 그로 인해 생긴 병이셨다.

"여기 엄마 것하고 이모 거예요."

나는 공항면세점에서 사온 화장품 세트를 가방에서 꺼내서 내어놓았다.

"뭘 또 이런 비싼 걸 사왔어."

엄마는 말은 그렇게 해도 싫은 표정이 아니셨다.

"이 화장품이 잘 피부에 맞으신다면요. 또 떨어지면 말씀 하세요."

내가 사온 제품은 일본의 한 유명 화장품이었다. 이때만 해도 일본 화장품은 여자들이 가장 선호하는 제품이었고 품질도 국산보다 좋았다.

"좋긴 하더라. 영숙이가 참 좋아하겠다."

엄마는 형제자매 중에서 첫째로, 그 아래로는 여동생인 영숙 이모와 세 명의 외삼촌이 있었다.

다들 넉넉하지 않고 사는 게 고만고만했지만 형제간의 우애는 참 좋았다.

"이건 외삼촌들 거예요. 엄마가 알아서 나눠주세요."

명품으로 취급하는 고급 벨트와 지갑이 들어 있는 선물 세트였다.

"돈을 너무 많이 쓴 거 아니니? 비싸 보이는데."

"엄마의 잘난 아들이 돈 하나는 잘 벌어요. 그리고 이거 필요한 데 쓰세요."

나는 엄마에게 통장 하나를 내밀었다. 통장에는 삼천만 원이 들어 있었다.

더 많은 돈을 드릴 수도 있었지만 부담스러워하실 것이 분명했다.

"이게 뭔데 날 주니? 태수야, 네가 번 돈을 다 주면 어떡하니?"

엄마는 통장의 금액을 확인하자 놀라 내게 물었다.

"아니에요. 제가 쓸 돈은 충분히 있어요. 시골에 계신 외할머니 집을 수리해야 한다면서요. 이 돈으로 수리하세요."

외할머니가 살고 계시는 시골집이 낡고 오래되어 비가 샌다는 이야기를 얼마 전에 들었었다.

엄마의 형제자매는 많았지만 다들 경제적으로 여유롭지는 못했다.

그나마 나로 인해서 우리 집이 가장 넉넉한 상황으로 바뀐 상태였다.

엄마는 내가 매달 드리는 생활비에서 30만 원을 떼어내 시골에 혼자 사시는 외할머니에게 용돈을 부쳐드렸다.

"네가 정말 효자구나. 사실 시골집을 고쳐야 하는데 이모나 외삼촌들 사정이 뻔하잖니. 다들 하루 벌어 하루 먹고 사는 사람들인데."

감동하셨는지 엄마는 내 등을 연신 쓰다듬으시며 말했다.

외삼촌 두 분은 시장에서 장사를 하시고, 한 분은 식당 일을 하신다.

더구나 이모는 요즘 이모부가 친구 보증을 잘못 서서 애를 태우고 계셨다.

"시골 집수리는 천만 원 정도면 가능할 거예요. 나머지는 엄마가 원하는 데에 꼭 쓰세요. 돈 걱정은 절대 하지 마시고요."

졸지에 땅값이 올라 졸부가 된 사람처럼 집안에 갑작스러운 변화를 주고 싶지 않았다.

물질의 풍요가 자칫 내가 소중한 것들을 사라지게 할 수 있었다.

돈은 생활을 더욱 편하고 풍족하게 해주지만 어느 순간 거기에 마음을 빼앗기게 되면 인간의 마음을 파먹는 괴물을 만들어내기도 한다.

세상 그 어떤 것보다 사람의 마음을 흔들어놓을 수 있는 것이 돈이었다.

내가 하고 있는 사업과는 다르게 내 주변 환경은 최대한 내 기억 속에 아름답게 자리 잡았던 것들 그대로 남겨두고 싶었다.

"내가 정말 요즘 네 덕에 살맛이 난다. 그래, 이 돈 절대로 허투루 쓰지 않으마."

"아니에요. 필요한 데 꼭 쓰세요. 돈은 쓰라고 있는 것이니까요."

엄마는 분명 마음고생이 심한 영숙 이모의 급한 불을 끌 것이다.

아버지의 부도로 인해 우리가 힘들었을 때에 없는 살림이지만 가장 먼저 손을 내밀어준 것도 영숙 이모였다.

"내가 너에게 고맙다는 말밖에 할 말이 없구나."

"밥 좀 주세요. 집에 오면 왜 이렇게 배가 고픈지 모르겠어요."

"나 참! 너 온다고 갈비 재워 놨는데. 조금만 기다려라. 내 빨리 밥을 안칠 테니."

"예, 천천히 주세요. 오늘은 집에서 잘 거니까요."

"그래야지. 너무 밖에서만 생활하는 것도 몸에 안 좋아."

식사를 준비하러 주방으로 가시는 엄마를 뒤로하고 나는 내 방으로 들어왔다.

짐 대부분이 송 관장님 집에 가 있어 방 안은 조금 썰렁한 느낌이었다.

방 안에는 고등학교 때 받은 상장들과 함께 서울대 수석 합격을 알리는 신문 기사가 나온 부분이 액자에 넣어져 벽에 걸려 있었다.

그 모습에 왠지 어색한 느낌으로 다가왔다.

평생 상장이라고는 중학교 때 받았던 개근상이 전부였었다.

"네가 봐도 이상하지, 태수야."

그 모습에 나도 모르게 혼잣말이 튀어나왔다.

이전과는 확연히 달라진 체격과 모습은 물론 성격까지 많이 바뀌어버린 나였다.

'많이 바뀌었지…….'

빈 책상에 앉아 잠시 추억을 떠올리고 있을 때에 요란하게 문을 열고 들어오는 소리가 들렸다.

"오빠 왔네! 오빠!"

우당탕!

내 방을 열고 들어오는 인물은 다름 아닌 여동생인 정미였다.

"야아! 넌 나이를 먹어도 변한 게 하나도 없냐? 숙녀라면 좀 차분해야지."

"오빠를 오랜만에 보니까 그렇지. 출장은 잘 갔다 온 거야?"

"그래, 네 덕분에 잘 갔다 왔다."

"뭘 내 덕까지야. 한데 뭐 빠뜨리거나 놓고 온 거는 없어?"

정미는 뭘 찾는 것처럼 내 방 안을 두리번거리며 말했다.

"나 참! 날 보고 싶었던 게 아니라 선물을 기다렸던 거였네. 마루에 가봐. 청색 가방 안에 네 선물 들어 있으니까."

"아니야. 오빠를 얼마나 걱정했다고. 하여간 고마워 오빠."

정미는 곧장 마루로 나가 자신의 선물을 확인했다. 그리고 얼마 뒤,

"캬악! 너무 예쁘다."

자지러지는 듯한 비명이 들려왔다.

정미의 선물로는 소니에서 나온 최신형 워크맨을 사왔다.

아직 국내에는 들어오지 않은 최신 제품이었다.

한창 음악에 빠진 정미에게는 최고의 선물이었다.

요즘 들어서 잘난 오빠를 조금이라도 따라가겠다고 열심히 공부에 매진하고 있었다.

원래 머리가 좋았던 애라 노력이 더해지자 금세 표가 나기 시작했다.

정미는 홍대 디자인학과를 목표로 하고 있었다. 이제는 예전처럼 대학등록금 걱정을 할 필요도 없었다.

모처럼 만에 온 가족이 모여 맛있는 식사를 했다.

친구 공장에 가 계셨던 아버지도 엄마의 연락에 부리나케 집으로 오셔서 함께하셨다.

식사하는 내내 웃고 떠들며 행복한 시간을 가졌다.

내가 집으로 돌아오자 걱정 근심이 사라진 부모님의 표

정은 어느 때보다 밝았고 기쁨에 넘쳐 있었다.

*   *   *

다음 날, 닉스에 출근하자마자 나는 곧장 신사동 가로수 길에 짓고 있는 닉스 본사 건물의 공사 진행 상황을 챙겼다.

"현재 50%의 공정률을 보이고 있습니다. 내년 5월이면 입주가 가능할 걸로 보고 있습니다."

관리부에서 일하는 이종완 과장의 말이었다. 그가 현재 공사와 관련된 업무를 맡고 있었다.

"계획대로만 진행하게 하면 됩니다. 서둘러서 공사를 끝낼 생각을 하지 말고 설계한 대로 시공이 되는지를 정확하게 확인하세요."

"예, 감리 회사에도 항상 그에 대한 이야기하고 있습니다."

이종완 과장의 업무보고가 끝나자 다음 질문을 던졌다.

"회사 자금 상황은 어떻습니까?"

자금을 담당하고 최수지 대리에게 물었다.

대학에서 회계학과를 전공했고 세무서에서 2년간 근무하다가 지루하고 따분한 공무원 생활에 염증을 느껴 입사한 직원이었다.

일 처리가 똑 부러지고 책임감이 강했다.

"이번 달에도 모든 제반 사항을 제외하고도 21억 정도 순이익이 발생했습니다. 이대로 판매가 이루어지면 올해 순이익이 180억을 가뿐히 넘어설 걸로 예상됩니다. 현재 사내 보유자금은 63억 7천만 원으로 3개의 은행에 분산 예치된 상태입니다."

닉스는 올해도 순풍을 타고 앞으로 나아가는 상황이었다.

분기별로 나오는 신제품마다 물건이 없었어 못 파는 실정이었다.

더구나 미국과 러시아로 수출까지 하는 상황이라 공장은 매일 쉬지 않고 돌아가고 있었다.

판매 매출로만 따지면 올해 650억 이상을 예상하고 있었다.

2년 차에 들어선 신발 회사가 이 정도의 매출과 순이익을 올린다는 것은 정말 놀라울 따름이었다.

"신규 공장 설립에 따른 신세계 차입금은 얼마나 반환했습니까?"

"현재까지 15억을 상환했습니다. 가로수길 공사 대금 지급 상황이 맞물리기는 하지만 내년 2월까지는 모두 상환하려고 합니다."

공장의 시설 투자 자금으로 30억 원을 신세계백화점에서 투자받았었다.

상환 목표를 내년에 잡고 있었지만 신발 판매가 예상치를 넘어서는 바람에 절반의 금액을 올해 상환할 수가 있었다.

그 모든 것이 새로운 판매처가 된 미국과 러시아 덕분이었다.

"대구와 부산, 그리고 광주지점 개설은 어떻게 됐습니까?"

내 질문에 닉스 디자인센터를 맡고 있는 정수진 실장의 보고가 이어졌다.

"부산은 9월 20일 오픈 예정입니다. 대구와 광주는 10월 초로 잡고 있습니다."

닉스 신발을 판매할 지방 판매점은 부산 서면과 대구 동성로, 그리고 광주 충장로에 들어설 예정이었다.

세 곳 모두 사람이 많이 몰리는 번화가에 위치한 목 좋은 곳이었다.

닉스 판매장을 설립한다는 말에 근처 건물주들이 앞다투어 좋은 조건을 제시하며 자기 건물에 들어오라는 말을 적극적으로 전해왔었다.

닉스의 입점은 사람들을 불러 모았고 주변 상권에도 큰

변화를 일으키기 때문이었다.

닉스판매장이 위치한 곳은 권리금마저 달라지게 만들었다.

"판매장에 공급할 신발 생산은 충분한가요?"

판매장을 늘리는 것도 중요했지만 만드는 대로 족족 팔려 나가는 닉스 신발의 인기 때문에 공급이 수요를 따라가지 못했다.

"현재 부산공장에서 공장을 임대해서 생산량을 맞출 수 있다고 했습니다. 임대계약을 할 공장이 바로 신발을 생산할 수 있는 시설을 갖춘 공장이라서 신발 공급에는 문제가 없을 것 같습니다."

부산의 신발 공장들은 계속해서 문을 닫는 곳이 늘어나고 있었다.

공장을 놀리게 된 신발 공장을 적정한 가격에 임대를 추진한 것이다.

그러는 것이 대규모 자금이 들어가는 공장 인수나 새로운 공장 설립보다는 시설 투자금을 줄일 수 있게 만들었다.

"알겠습니다. 특별한 상황이 없으면 회의는 이것으로 마치죠. 저는 가로수길 공사장을 한번 방문해 봐야겠습니다."

닉스는 내가 자리에 없어도 톱니바퀴가 맞물려 정확하게

돌아가는 것처럼 직원들이 유기적으로 움직였다.

현재 문제 되는 곳은 도시락이었다.

러시아 현지공장을 설립할 때까지 이천 공장이 잘 돌아가야만 했다.

하지만 지금 김대철 사장이 끌어들인 인물들이 도시락라면 생산에 관련된 업무에도 관여하려는 움직임을 보이고 있었다.

Chapter 9

　도시락은 표면적으로는 활기가 넘쳤지만 내부적으로는
미묘한 기류가 흐르고 있었다.

　도시락라면의 매출이 크게 늘어나자 공장가동률이
100%를 기록하고 있었다.

　팔도라면이 공장을 소유하고 있었을 때도 100%로 가동
한 적은 몇 개월뿐이었다.

　도시락라면은 생산되어 나오는 족족 러시아로 수출되기
위해서 부산으로 운반되었다.

　팔도라면은 도시락라면의 판매량에 민감하게 반응했다.

국내 판매량은 기존과 크게 달라진 것이 없었지만 러시아에 수출되는 도시락라면의 물량이 국내 판매량을 넘어선 지 오래였다.

팔도라면에서 야심차게 준비했던 왕뚜껑의 판매추이는 제품을 시장에 처음 내어놓았던 초기 때보다도 떨어진 상태였다.

라면 업계의 쌍두마차인 농심과 삼양에서 새로운 제품군을 내어놓자 왕뚜껑이 시장에서 밀리고 있었다.

그러한 상황에서 크게 주목받지 못했던 도시락라면이 러시아에서 없어서 못 판다는 소식이 팔도라면에 전해진 것이다.

팔도라면은 도시락에 남은 이전 직원들을 통해서 도시락라면의 생산량을 자세히 알아보고 있었다.

팔도라면은 도시락라면의 판권을 완전히 넘겨주었던 것을 크게 후회하고 있었다. 하지만 이게 시작이라는 것을 팔도라면은 알지 못했다.

"팔도라면에서 도시락라면 때문에 배가 아파 죽으려고 합니다."

해외영업 1팀의 조상규 과장의 말이었다.

그 또한 블라디보스토크에 머물다가 나보다 5일 앞서서 한국에 귀국했다.

"대표님이 러시아에서 밤낮없이 뛰어다닌 결과물인데도 한국 사람들은 그런 걸 생각하지는 않는 것 같아요. 그냥 단지 눈에 보이는 것만이 전부라고 생각하는 경향이 있어요."

똑 부러지는 소리를 잘하는 김미령의 말이었다. 그녀 또한 해외영업 1팀에서 열심히 일하고 있었다.

"그래, 맞아. 그게 문제라고."

조'과장이 맞장구를 쳐주었다.

두 사람은 도시락 개발팀의 한중관 과장과 함께 나를 전적으로 믿고 따랐다.

"해외영업 2팀이 수출 건을 따왔다고 하는데 다른 내용은 들은 것 없습니까?"

도시락에 출근하자 내 책상 위에 올라온 보고서에 중동과 이라크에 비상식량 대용으로 5만 박스 분량의 수출 건을 성사시켰다는 내용이 적혀 있었다.

한데 문제는 가격적인 부분이 아직 결정되지 않고 협의 중이라고 되어 있었다.

"그쪽 팀은 아예 저희하고 말도 섞지 않습니다. 완전히 딴 회사의 사람들 같습니다. 수출 건을 성사시켰다고는 말하지만 제가 볼 때는 결정된 게 하나도 없어 보입니다. 더구나 무더운 중동국가인 이라크에서 라면을 좋아하지도 않고요."

조상규 과장의 말처럼 중동지역은 라면 소비가 그리 많지 않은 지역 중의 하나였다.

"음, 내가 한번 김경렬 부장을 만나봐야겠습니다. 이천공장에서 생산되는 도시락라면 30%를 2팀 쪽으로 돌려달라고 요청을 해왔으니까요."

"정말이십니까?"

조상규 과장이 흥분하며 물었다.

"예, 매달 30%의 물량은 충분히 소화할 수 있다는 의사를 피력했습니다."

현재 이천공장에서 매달 생산되는 도시락라면은 10만 상자였다.

그중 국내에서 소비되는 3만 상자를 빼고는 전량 러시아로 수출하고 있었다.

"말도 안 되는 주장을 펼치는 것입니다. 매달 3만 상자를 판매하겠다니요."

조상규의 말처럼 3만 상자는 국내에서 한 달간 소비되는 물량이었다. 개수로 따지면 72만 개였다.

국내에서 도시락라면의 인기는 그리 좋다고 말할 수 없었다.

갑작스럽게 붐이 일어나거나 유행이 일지 않는 한 국내

에 소비되는 수량은 거의 일정하고 변함없었다.

매달 3만 상자를 소비하려면 결국에는 해외에 수출하는 수밖에는 없었다.

아직은 확실치 않은 수출 건이 있었지만 그건 단발성으로 끝날 수도 있었다.

"국내에는 신규 수요가 없는 상태인데 해외에 판매한다고 해도 러시아처럼 개척된 시장은 현재 없습니다."

김미령의 말이었다.

그녀의 말처럼 단발성 수출로 끝나지 않으려면 현지에 대한 시장조사는 물론 개척된 판매망도 갖추어야 한다.

더구나 그에 따르는 소비도 뒤따라야만 했다.

러시아는 그 모든 것이 차례대로 이루어졌고 도시락라면에 대한 소비 또한 폭발적으로 늘어나는 상황이었다.

두 사람의 말은 틀린 이야기가 아니었다.

해외영업 2팀은 무리수가 분명한 일을 진행하려고 하는 상황이었다.

"일단 2팀이 가지고 있는 구체적인 계획이 무엇인지 들어보고서 다시 한 번 이야기를 나누어야겠습니다. 그리고 해외영업 1팀 인원 보강은 어떻게 되었습니까?"

조상규 과장에게 지시한 내용이었다.

현재 해외영업 1팀에 속해 있었던 직원 하나가 개인 사정으로 회사를 그만두었다. 이참에 인력보강을 두세 명 더 할 생각이었다.

"여기 서류전형에 합격한 친구들입니다. 면접 일정은 대표님이 정해주시면 통보하겠습니다."

조상규 과장이 열세 장의 이력서를 내게 넘겨주었고 대부분 영어나 다른 외국어를 구사할 수 있는 사람이었다.

"내일모레 2시로 잡는 게 좋을 것 같습니다. 그리고 러시아에 세울 공장에 관련된 업체들과도 미리 접촉해서 약속을 잡아놓으세요. 우리가 계획했던 것보다 더 빨리 현지공장을 세워야겠습니다."

러시아 현지공장과 관련된 상황은 해외영업 1팀만 알고 있었다.

타 부서에 있는 사람들에게는 알리지 않았다.

어떤 생각인지는 모르겠지만 요즘 들어 김대철 사장은 관리부서에 새로운 인물들을 더 입사시켰다.

입사한 인물 중 두 명은 중간관리직이었다.

사전에 내게 말을 전달했지만 일방적인 통보로밖에는 볼 수 없었다.

초기에 회사 운영과 관련되어 나와 약속했던 부분들이 점차 틀어지고 있었다.

점심 식사 후, 나는 김경렬 부장과 자리를 함께했다.

김경렬 부장은 국내 굴지의 대기업에서 해외영업만 십 년 이상을 경험한 베테랑이었다.

"러시아에서 고생이 많으셨다고 들었습니다."

김경렬은 자리에 앉자 인사말을 내게 던졌다.

소련에 쿠데타가 발생했을 때에 내가 모스크바에 있었다는 것을 두고 한 말이었다.

"아닙니다. 갑작스러운 일이기는 했지만 크게 어려움은 없었습니다."

지금 말한 내용과 달리 나는 두 번이나 목숨을 잃을 뻔했었다.

"죽거나 행방불명된 사람이 수백 명이라고 하던데, 무사히 돌아오셔서 다행입니다."

"걱정해 주셔서 고맙습니다. 올리신 보고서를 보니까 수출 건을 진행하고 계신 것 같던데 구체적인 결과가 나온 것입니까?"

"예, 이번 주 내로 오더가 떨어질 것 같습니다."

김경렬은 내 말에 서슴없이 말했다.

"수출 단가는 어떻게 됩니까? 그에 대한 말이 보고서에는 적혀 있지 않아서요."

"국내에서 판매되는 도시락라면의 단가와 동일하게 요구

했는데, 그쪽에서는 가격을 조금 조정하기를 바라고 있습니다."

가격 조정이 있으면 크게 메리트가 없었다.

중동지역은 러시아와 같이 거리가 멀어서 물류비용이 만만치가 않았다.

라면의 특성상 가격은 낮은데 부피가 커서 운반비가 생각보다 많이 들어가기 때문이었다.

러시아에도 현지공장을 세워야만 이득을 크게 늘릴 수 있었다.

"수량은 5만 상자라고 하셨는데 한 번에 들어가는 물량입니까? 아니면 나눠서 들어가는 것입니까?"

"두 번에 걸쳐서 들어갈 것 같습니다. 이라크를 기점으로 해서 다른 중동지역의 나라들로 판매망을 넓혀갈 생각입니다."

김경렬은 자신이 구상하고 있는 이야기를 꺼내었다.

"제가 알기에는 중동지역은 라면 소비가 그렇게 많지 않은 걸로 아는데요. 그걸 다 소비할 수 있을까요?"

내 말에 김경렬은 웃으면서 말했다.

"하하하! 대표님이 잘 모르시는 부분이 있습니다. 현지인들도 도시락라면의 소비 대상으로 생각하고 있지만 이라크의 건설 현장에 파견된 한국 근로자와 외국인 근로자가 꽤 많은 라면을 소비합니다."

물론 김경렬의 말은 틀린 이야기가 아니었다.

1990년 8월 2일에 시작된 걸프전쟁으로 파괴된 도로와 항만 등 건설 복구 작업이 이라크에서 한창 진행 중이었다.

문제는 현재 이라크에 파견된 한국 건설 근로자가 채 사백 명을 넘지 않는다는 것이다.

그들이 매일 삼시 세끼를 도시락라면으로 먹는다 해도 수출 물량을 다 소비할 수 없었다.

또한 김경렬의 말처럼 외국 근로자들도 있었지만 그들도 그렇게 많이 라면을 소비하지 않았다.

"그 이야기도 틀린 말이 아닙니다만 제 생각에는 그걸로는 조금 부족하다고 생각됩니다. 현지인들과 외국 근로자들이 도시락라면만을 선호하지는 않을 수도 있잖습니까?"

"하하! 대표님께서 그런 말씀을 하시면 어떡하십니까? 첫술에 배부를 수는 없죠. 현지에 맞는 이벤트도 좀 하고 홍보도 뒤따라야 판매가 이루어지지 않겠습니까. 이라크를 시발점으로 해서 중동 전역에 도시락라면을 판매하면 그 양이 만만치 않을 것입니다."

김경렬은 도시락라면 판매에 크게 어려움이 없을 것이라는 말투였다.

"무슨 말씀인지 알겠습니다. 그런데 물류비용 문제가 적지 않게 발생하는데 가격적인 면에서 조금 어려움이 있지 않겠습니까? 국내에서 판매하는 가격을 확정한 것도 아니니 말입니다."

그나마 국내와 동일하게 가격을 받으면 손해는 보지 않았다.

"초기에는 손해도 조금 감수해야지요. 중동에 위치한 스물두 개의 나라에 사는 인구가 3억 명에 이르고 있습니다. 그 나라 중 한 나라에서만 도시락라면의 붐을 일으키면 도미노처럼 각 나라로 퍼져 나갈 수 있습니다. 그러면 그냥 누워서 코 부푸는 형국이 되는 것입니다. 아직은 다 말씀드릴 수는 없지만 사우디아라비아에서 아프리카에 있는 이슬람 국가들에 지원하는 식량 프로젝트에 도시락라면이 공급될 수 있도록 준비 중에 있습니다."

담수시설과 지하수 개발, 그리고 정부의 각종 지원정책에 힘 있어 현재 세계 6번째 밀수출국된 사우디아라비아는 가난한 아프리카국가들에게 무상으로 식량을 제공하는 프로젝트를 추진하고 있었다.

김경렬의 말은 그럴싸했지만 현실성이 떨어졌다.

그의 말에는 중동국가 중 한 나라에서 도시락라면의 붐을 조성해야 하는 전제 조건이 따랐다.

그에 따라 도시락라면을 알리기 위한 홍보 비용 등이 들어간다면 이익이 남는 장사가 아닌 것이다.

문제는 그렇게 된다고 해도 김경렬이 구상한 계획대로 되리라는 보장도 없었다.

러시아와는 환경과 상황이 완전히 달랐다.

"그래서 도시락라면의 생산 물량을 조종해 달라고 하신 것입니까?"

"예, 현재 중동 쪽만 아니라 미주 쪽과도 수출 건이 진행되고 있습니다. 그게 터지면 나가는 양이 만만치가 않습니다. 미리 준비를 해두지 않으면 물량을 맞출 수가 없게 됩니다."

김경렬은 나에게 자세한 이야기를 하지 않았다.

구체적인 상황은 모두 김대철 사장에게 따로 보고하고 있었다.

"지금 현재 러시아로 나가는 물량도 부족해지고 있는데 생산되는 물량의 30%나 할당해 달라고 하면 러시아 쪽 수출에 차질이 생길 수 있습니다. 더구나 러시아는 국내에서 판매되는 단가를 그대로 받고 수출하고 있는데 말입니다."

지금 러시아는 손해를 감수하고 팔지 않아도 되었다.

오히려 식량 사정이 다급해진 러시아에서 웃돈을 주고서라도 사갈 태세였다.

"무슨 말씀인지 잘 이해하고 있습니다. 하지만 시장을 다변하는 것이 앞으로의 도시락 발전에 더 좋다고 생각합니다. 어느 순간 러시아의 거품이 빠지게 되면 한쪽 시장에 너무 치우쳤던 것이 문제로 꼭 나타날 것입니다. 외람된 말씀이지만 저는 그러한 상황을 여러 번 경험했기에 말씀드리는 것입니다."

김경렬은 바꿔 말해 내가 어리고 경험이 부족하여서 아직은 그러한 상황을 모른다는 전제하에 말을 하고 있었다.

'아! 정말 러시아가 황금 노다지라고 말을 할 수도 없고. 후! 정말 답답하구나.'

김경렬의 말을 듣고 있자니 이미 김대철 사장과 라면 생산에 관한 이견을 조율한 것 같았다.

도시락라면에 대한 권리는 나에게 있지만 라면이 생산되고 있는 이천공장의 소유권은 김대철 사장이 전부 가지고 있는 거나 마찬가지였다.

현재까지 김대철 사장은 라면 생산에 관련된 공장 업무에는 관여하지 않고 있었지만, 김경렬이 자꾸만 김대철 사장에게 환상을 심어주는 이야기를 한다면 말이 달라질 수 있었다.

더구나 러시아에서 나오는 이익의 대부분을 내가 가져가고 있었기 때문에도 새로운 시장의 필요성을 강조하는 김경렬의 말에 김대철 사장은 따를 수밖에 없는 상황이었다.

이러다가는 분명 도시락라면의 생산에 차질이 생길 것 같다는 느낌이 들었다.

*   *   *

3일 뒤 김경렬 부장이 내게 말했던 것처럼 이라크에서 도시락라면에 대한 오더가 떨어졌다.

그러나 처음 이야기했었던 5만 상자가 아닌 3만 상자로 물량이 줄었다.

가격 또한 국내 판매가격인 400원이 아닌 350원으로 책정되었다.

이라크까지의 물류비용을 따지면 전혀 남는 장사가 아니었다.

하지만 해외영업 2팀을 적극적으로 밀어주고 있는 김대철 사장이 의중 때문에 수출 건은 성사되었다.

그리고 우려했던 대로 김대철 사장은 나를 만나는 자리에서 생산 물량에 관한 이야기를 꺼냈다.

그는 내가 도시락 대표를 맡고 나서부터는 아랫사람 대하듯 말을 놓지 않았다.

"이라크 건도 성사되었는데 러시아로 수출되는 물량을 조정해야 할 것 같은데 말이오? 앞으로 미국 쪽으로도 수출 물량이 나갈 수 있다고 하는데."

김대철 사장은 해외영업 2팀이 추진하고 있는 수출 건을 이야기하며 말했다.

"러시아에서 도시락라면은 이제 자리 잡아가고 있는 단계입니다. 제 생각에는 이대로 조금만 더 두는 게 괜찮을 것 같습니다. 아직 이라크에 수출 물량을 보내려면 한 달 반 정도 시간이 있는 걸로 알고 있습니다."

"음, 김경렬 부장의 생각은 강 대표와 조금 다른 것 같던데. 수출 날짜보다 우선해서 만 상자 정도를 이라크에 미리 보내어서 주변국에 홍보하는 것이 좋다고 말하더이다. 나 또한 그러한 것이 필요하다고 생각이 들고."

김대철 사장은 전적으로 김경렬 부장의 말을 신뢰하고 있었다.

"당연히 제품을 팔려면 홍보도 필요합니다. 중동지역에서 판매만 제대로 이루어진다면 과감하게 현지의 TV나 신문에도 광고를 실어야지요. 그러나 제가 알고 있는 바로는 더운 중동지역은 뜨거운 국물의 라면을 그리 선호하지 않습니다. 하지만 러시아는 중동처럼 덥지 않고 추운 지방일 뿐만 아니라 국민 대다수가 식사 때에 뜨거운 수프나 국을 빵과 함께 주식으로 삼고 있습니다. 도시락라면이 러시아에서 자리를 잡아갈 수 있었던 것도 러시아 국민들이 이러한 식습관을 가지고 있기 때문입니다."

나는 러시아와 중동지역의 차이를 이야기했지만 김대철 사장은 받아들이는 표정이 아니었다.

"강 대표의 말이 틀렸다는 이야기가 아니오. 하지만 알래스카에 가서 냉장고를 팔고 사막에 가서 난로를 파는 세상이 아닙니까. 김경렬 부장은 중동지역을 제집처럼 들락거렸던 사람이라 손해나는 장사는 절대 할 사람도 아니고. 전 직장에서도 실적이 꽤 우수해서 빠르게 승진했던 인물이라서 도시락으로 데려오는데도 힘이 들었던 능력 있는 사람이오."

지금 그의 입에서 나온 말은 들어보니 김대철 사장의 생각을 바꿀 수 없겠다는 생각이 들었다.

"김 부장이 훌륭한 분이라는 것은 저도 잘 알고 있습니다. 문제는 도시락라면의 한 달 생산량이 한계가 있다는 점입니다. 현재 9시까지 야근 작업을 진행해도 추가로 생산하는 물량은 최대 2만 상자입니다. 한 달에 최대 12만 상자가 생산된다고 보시면 됩니다. 거기서 김 부장이 요구한 30%의 도시락라면의 물량은 3만 6천 상자로 864,000개입니다. 이걸 한 달 내에 소비하는 시장은 러시아 외에는 없다고 보시면 됩니다."

나는 다시 한 번 러시아 시장의 매력적인 부분을 이야기했다.

하지만 그는 그에 대한 대답 대신 라면 생산에 관한 이야기를 꺼냈다.

"수량 문제가 있으면 사람을 추가로 모집해서 토요일과 일요일에도 공장을 돌리면 되지 않겠소?"

김대철 사장은 뭐가 문제라는 표정이었다.

그가 제조업체를 한 번도 운영하거나 경험해 보지 못한 결과였다.

"그렇게 되면 생산설비에도 무리가 따릅니다. 일주일 한 번 정도는 점검과 정비를 해주어야만 제대로 돌아갑니다. 그리고 경험 있는 생산 인력을 구하기도 쉽지 않습니다."

도시락 공장에서 얼마 떨어지지 않은 곳에 팔도라면의 신 공장이 자리 잡고 있어서 경험 많은 인력 대부분 팔도라면으로 입사했다.

신규로 사람을 뽑아서 제대로 일을 하기까지에는 적어도 2개월은 소요되었다.

더구나 팔도라면과 5년간의 계약으로 해물라면을 생산하여 납품해야만 했기에 추가적인 도시락라면의 생산에는 한계가 있었다.

"강 대표는 너무 러시아에만 과도하게 힘을 쏟는 것 같아서 하는 말인데. 주식에 투자할 때도 달걀을 한 바구니에

담지 말라는 주식 투자 격언이 있지 않소이까. 한 곳에만 집중적으로 투자하는 것보다 여러 군데로 나누어서 투자하는 것이 위험을 줄일 수 있듯이, 러시아의 상황이 바뀌게 되면 문제가 생길 수도 있다고 생각하는데, 내 말이 틀렸소이까?"

김대철 사장은 김경렬 부장이 했던 말을 그대로 나에게 하고 있었다.

하지만 그는 러시아의 고유명사가 되어버린 도시락라면의 파급력을 전혀 모르고 하는 말이었다.

나중의 일이지만 도시락은 러시아에서 라면을 가리키는 고유명사로 통용될 정도로 인기가 식을 줄 몰랐다.

"물론 미래는 누구도 예측할 수는 없습니다. 하지만 현재 상황을 볼 때에 신생 회사인 도시락은 이익이 날 수 있는 쪽에 좀 더 힘을 쏟는 것이 중요하다고 생각합니다."

도시락은 올해 초 설립된 회사로서 탄탄한 기반을 닦으려면 적어도 1~2년은 이익이 나는 곳에 집중해야만 했다.

"회사가 잘 돌아가서 이익이 나고 있긴 한데. 그런데 그게 다 남 좋은 일이 되어가니 문제가 되는 것이 아닙니까."

김대철 사장은 순간 자신의 속내를 비쳤다.

그는 도시락을 키워서 투자자들에게 크게 주목받을 수 있는 회사로 발전할 수 있다는 점을 간과하고 있었다.

이익이 매년 크게 발생하는 회사라면 좋은 투자 조건뿐
만 아니라 향후 주식시장에 상장하는 조건에서도 유리한
점을 얻을 수 있었다.

한데 김대철 사장은 이전에 나에게 보여주었던 시대를
헤아릴 줄 아는 안목과 달리 지금 당장 눈에 보이는 이익만
을 너무 조급하게 쫓고 있었다.

"저는 회사를 키우고 싶은 생각에서 지금껏 러시아의 수
출 건을 진행한 것이지 제 개인의 이익을 위해서 일하지는
않았습니다."

"허허! 강 대표가 열심히 일하지 않았다는 것이 아니오.
단지 동업자의 입장에서 투자한 만큼 내게 돌아오는 것이
없어서 하는 말이지."

김대철 사장은 공장을 인수할 당시 도시락라면을 포기하
려 했었고, 내가 7억 원의 신규 자금을 더 투자함으로써 도
시락라면의 권리를 팔도라면에서 가져왔다.

한데 지금 와서 도시락라면이 돈이 되자 그가 처음 내게
대표 자리를 제의하며 제시했던 것들이 하나둘 무용지물이
되어가고 있었다.

이미 김대철 사장은 공장 주변에 국도가 하나 더 들어서
는 호재 때문에 땅값이 올라 공장에 투자한 금액보다 더 높
은 시세를 보장받은 상황이었다.

'후! 이 정도까지인지는 몰랐는데……. 하루라도 빨리 러시아에 공장을 세워야 한다.'

마음 같아서는 지금이라도 당장 김대철 사장과 갈라서고 싶었다.

이미 그는 얼마 전에 자신이 원하는 나라들의 도시락라면의 판매권을 가져갔다.

그때 도시락라면의 생산에 관련된 사항은 전적으로 내게 맡긴다는 말을 확인하듯이 말했었다.

하지만 지금 그때의 약속을 기억조차 못하는 것처럼 이야기하고 있었다.

"후! 좋습니다. 30%의 생산 물량을 해외영업 2팀에서 가져가십시오. 하지만 맡은 물량은 책임지고 모두 소화해 냈으면 합니다."

"하하하! 팔지 못하면 내가 다 사들이겠소이다."

김대철 사장은 자신이 원하는 바를 얻어내자 얼굴에 웃음을 지으며 말했다.

"그리고 이라크의 수출 단가는 이른 시일 내에 다시 조정했으면 합니다. 350원의 단가로는 이익이 전혀 없다고 봐야 합니다. 추후 수출 건은 무조건 국내에서 판매하는 단가와 동일한 400원이어야 회사에도 남는 것이 있습니다."

"걱정하지 마시게나. 그건 내가 확실하게 못 박아 놓을 테니까."

"올해는 오늘 정한 대로 해외영업 1팀과 2팀이 생산 물량을 칠 대 삼으로 나누어서 수출하는 걸로 하겠습니다."

"강 대표 말처럼 하겠소. 저녁때 시간 되면 김 부장과 함께 식사나 하는 게 어떻소?"

"죄송합니다만 저녁때는 선약이 있습니다."

한국에 돌아오자마자 맡고 있는 회사들의 밀린 업무를 보느라 가인이와 예인이, 그리고 한국에서 생활하고 있는 소냐를 만나지 못했다.

가인이와 예인이는 얼마 남지 않은 대입학력고사 준비에 한창이었고, 소냐는 한국어를 배우기 위해 한국어학당에 열심히 다니고 있었다.

"그래, 그럼 다음에 한번 자리를 만듭시다."

김대철이 사장이 자신의 사무실로 돌아가자 나는 곧장 세 사람과 만나기로 한 홍대로 향했다.

*　　　*　　　*

홍대입구역에 내려 만나기로 한 장소에 도착하자 세 사람의 모습이 한눈에 들어왔다.

큰 키에 늘씬한 다리가 다 드러나는 짧은 반바지와 치마를 입고 있는 세 미녀는 다른 사람들과 확연히 차이가 났다.

그 세 사람은 지나가는 사람들의 시선을 한눈에 끌고 있었다.

"여어! 오래 기다렸어?"

나는 손을 흔들며 세 사람에게 다가갔다. 나는 약속한 시간보다 10분 정도 늦고 말았다.

가인이와 예인이는 이젠 확연하게 숙녀 티가 났다.

"얼굴이 아주 두꺼워졌어. 잘 알면서도 태연하게 걸어오시네."

가인이는 나를 보자마자 쏘아 붙였다.

"미안해. 회사 미팅이 생각보다 조금 길어져서."

그때 소냐가 어설픈 한국말로 나를 반겼다.

"괜찮아요. 그 정도는 봐준다."

"야아! 소냐. 안 본 사이에 한국말이 정말 많이 늘었는데."

내 말에 소냐는 엄지와 검지 사이를 조금 열더니

"아주 조금 늘었다."

내 말에 답을 했다.

그 모습이 귀엽고 참으로 예뻤다.

"하하하! 내가 볼 때는 한국 사람 다 됐는데."

"내가 얼마나 소냐 언니를 가르쳤는데."

소냐 옆에 있던 예인이가 말했다.

예인이만 유일하게 청색 치마와 귀여운 곰이 그려진 티를 입고 있었다.

"그래, 예인이가 내 선생님야."

나를 반기는 세 사람의 모습에 주변에서 사람들을 기다리고 있던 남자들의 질투 어린 시선이 노골적으로 느껴졌다.

"그럼 나는 뭐냐?"

왼편에 있던 가인이가 소냐에게 물었다.

"가인이는 무서운 선생잉다."

소냐의 말은 어눌했지만 못 알아들을 정도는 아니었다.

한국에 입국한 지 한 달이 채 되지도 않았는데 이 정도로 한국말을 한다는 것은 정말 대단한 언어 학습 능력이었다.

"하하하! 맞아. 가인이는 좀 무섭기는 하지."

"정말 무서운 맛 좀 보여줄까?"

미간 사이가 좁아진 가인의 말에 나도 모르게 움찔했다.

그럴 때마다 가인이의 기습적인 공격을 맞이했었다.

"하하! 농담이야. 농담."

나는 재빨리 꼬리를 내렸다.

"나도 농담으로 한 말이야. 다음부터는 어여쁜 숙녀분들을 기다리게 하지 마. 남자들의 느끼한 시선이 부담되니까."

가인이의 말처럼 주변에 있는 남자들의 시선이 모두 세 사람에게 집중되어 있다는 것을 바로 알 수 있었다.

어디서 쉽게 볼 수 없는 미인들이었기에 그 마음이 충분히 이해가 되었다.

쳐다보는 남자들 모두가 미인이라는 공통분모에다가 서로 다른 매력이 넘쳐나는 세 명의 숙녀 사이에 서 있는 나에게도 부러움과 질투를 동반한 시선을 보내고 있었다.

"그래, 알았다. 가서 맛있는 것 먹고 공연도 보자."

닉스가 홍대에 있다 보니 홍대 주변의 숨어 있는 맛집을 알게 되었다.

"나는 오빠랑 데이트하는 게 제일 좋더라. 요즘 공부한다고 스트레스가 좀 쌓였었거든."

예인이가 내 팔짱을 자연스럽게 끼면서 말했다. 그 순간 팔꿈치가 살짝 예인이의 가슴에 닿았다.

그러자,

쿵쾅!

나도 모르게 순간 심장이 놀라 뛰었다.

긴 생머리에 가진 예인이는 오늘따라 더욱 청순함과 성숙함이 물씬 묻어나오고 있었다.

'후! 이젠 다 컸구나.'

"너무 무리하지 말고, 조금 쉬어가면서 해."

나는 동화 속에 나오는 착한 공주님처럼 보이는 예인을 보며 말했다.

"안 돼요. 그러면 오빠랑 대학교를 같이 다닐 수 없단 말이야. 이렇게 매일 오빠랑 팔짱을 끼면서 학교에 다닐 건데"

예인이의 입에서는 말이 가슴을 더욱 쿵쾅거리며 뛰게 만들었다.

'허! 정말 이러면 안 되는데.'

스무 살의 청춘인 나였기에 이런 예인이의 행동과 말에 바로 반응을 보일 수밖에 없었다.

"야아! 송예인. 오늘따라 너무 태수 오빠한테 들이댄다. 그럼 나는 이쪽 팔짱을 껴야겠네."

가인이마저 오른쪽 팔에 매달리듯이 부여잡으며 말했다.

그때 소녀가 두 자매의 모습을 보고 입을 열었다.

"그럼 나는 잡을 때가 없잖아."

소녀가 두 손을 들어 올리는 동작을 보이며 익숙한 영어로 말을 했다.

그녀의 말에 나는 순간 웃음이 터져 나왔다.

"하하하! 소냐까지 왜 그래."

정말 오랜만에 다시 느껴보는 즐겁고 행복한 웃음소리였
다.

Chapter 10

우리는 식사와 함께 재즈와 다양한 음악 공연을 감상할
수 있는 블루문이라는 레스토랑으로 향했다.

자유롭게 식사를 즐기면서 멋진 음악을 즐길 수 있는 홍
대의 숨겨진 명소였다.

사실 음식은 보통이었지만 실제 연주와 숨은 실력파 가
수들의 생생한 목소리를 바로 눈앞에서 즐긴다는 것이 매
력적이다.

저녁 7시부터 시작되는 공연을 보기 위해 적지 않은 사람
들이 홀 안에 모여 있었다.

우리는 각자 원하는 음식을 시키고는 그동안 나누지 못했었던 이야기를 펼쳐내었다.

"공부는 잘되고 있지?"

"뭐 그런대로. 한데 올해 경쟁률이 더 높아진다니까 걱정이야."

말을 하는 가인이의 표정에서는 전혀 걱정스러운 모습이 느껴지지 않았다.

학교에서도 전교 1~2등을 동생인 예인이와 다투고 있는 것뿐만 아니라 전국모의고사에서도 1% 안에 들어가는 실력이었다.

물론 예인이 또한 마찬가지였다.

"맞아. 하필 올해가 더 경쟁이 심해질 게 뭐야. 그래서 그런지 요새 잠이 잘 안 오더라고"

예인이가 가인이의 말을 받았다.

"너희가 그런 말을 하면 다른 수험생들은 다 관 짜고 무덤 속으로 들어가야겠다. 내가 볼 때는 너희 둘은 걱정할 게 없는 것 같은데."

"오빠는 옛말에도 있잖아. 돌다리도 두드려 가며 건너라고. 그러다가 정말 서울대에 떨어지면 어떡해?"

예인이는 흘러내리는 머리카락을 쓸어 올리며 말했다.

"다른 대학교에 들어가면 되지. 대학교가 서울대 하나뿐이 아니잖아."

"오빠가 그런 말을 하면 어떡해? 난 오빠랑 같이 다니고 싶은 마음에서……."

순간 내 말에 예인이가 울먹이며 두 손으로 얼굴을 가리며 테이블 아래로 고개를 숙였다.

나는 갑작스러운 예인이의 행동에 어쩔 줄을 몰랐다.

"예, 예인아, 나는 그게 아니라… 정말 미안하다."

"예인이의 마음도 몰라주고. 오빠가 너무 말을 심하게 했어."

가인이까지 나서서 말을 하자 나는 더욱 당황스러웠다.

'그 말이 그렇게 심한 말이었나.'

예인이는 두 손을 얼굴에 묻고 흐느끼는 모습까지 보였다.

"예인아, 미안해. 내가 말을 좀 심하……."

내 말이 끝나기도 전에 예인이가 얼굴을 들고서는,

"짠! 속았지롱! 연극반 출신의 솜씨가 어떻습니까?"

나에게 손가락으로 V자를 그리며 말했다.

"둔해도 너무 둔하다. 예인이가 정말 울고 있었는지 알았나 보네."

"야! 너희들 진짜. 정말 이 오빠를 놀려먹는 게 그렇게 재미있냐?"

"몰랐어? 얼마나 재미있는데. 요새 예인이도 이 맛을 알더라고."

가인이가 태연스럽게 말을 할 때 예인이는 내가 속은 것이 정말 재미있었는지 배를 잡고 웃고 있었다.

'예인아, 너마저 가인에게 물들면 어떡하니.'

처량한 표정으로 예인이를 바라보고 있을 때 화장실에 갔던 소냐가 자리로 돌아왔다.

"무슨 재미있는 일이라도 있었어?"

"소냐 언니도 좀 배워둘 게 있어."

가인이가 소냐를 보며 말했다.

"뭔데?"

"이따가 알려줄게. 스트레스를 단번에 날려주거든."

"어! 그런 게 있어?"

가인이는 내 눈치를 살짝 살피며 대답했다.

"응, 집에 가서 이야기해 줄게."

"꼭 말해줘야 해. 요새 한국말 배우는 거 때문에 스트레스가 이만저만이 아니거든. 정말 어려워요."

소냐는 마지막 말을 서툰 한국말로 말했다.

두 사람의 대화를 듣고 있는 나는 등골이 싸했다. 분명 나를 가지고 하는 말 같은데 물증이 없었다.

그때 레스토랑의 주인이자 피아니스트인 김찬우 씨가 공

연 내용을 안내했다.

그는 여러 장의 앨범과 TV 음악 프로그램에도 자주 얼굴을 내밀고 있는 인물이었다.

2시간에 걸쳐 진행되는 공연에는 뮤지션 다섯 팀이 참가해서 곡을 연주하거나 노래를 불렀다.

그중 두 팀은 일본과 미국에서 공연차 한국에 들렀다가 김찬우 씨의 친분으로 오늘 공연에 참여했다.

"저희 가게는 연주자들에게는 자신의 음악을 소개하고 음악 애호가분들이 좀 더 가까이에서 관객들과 음악을 소통하는 장소입니다. 첫 번째 분은 일본에서 활동하는 재즈 피아니스트인 유키 야이토 씨입니다. 힘찬 박수로 맞이해 주세요."

짝짝짝!

홀에 가득 찬 손님들의 박수 소리에 조금 말라 보이는 여자가 피아노에 앉았다.

또한 그 옆으로 함께 드럼과 베이스 연주자들이 자리했다.

재주 연주에 있어 트리오라 불리는 악기는 피아노와 드럼, 그리고 베이스였다.

이를 피아노 트리오라고도 부른다.

연주가 시작되자 홀 안은 한순간에 조용해졌고 모두 음

악에 빠져들었다.

연주자들의 실력은 아마추어가 아닌 프로였다.

홀 안은 어느새 뜨거운 열기로 가득 찼고 연주자와 관객들은 음악으로 하나가 되었다.

가인이와 예인이는 물론 쏘냐까지 아름다운 선율과 경쾌한 연주에 흠뻑 심취해 있었다.

'데려오길 잘했네.'

짝짝짝!

휘익!

블랙홀처럼 음악에 빠져들었던 관객들은 최선을 다한 연주에 아낌없는 박수와 환호를 보냈다.

연주가 끝났지만 긴 여운이 이어지는 음악이었다.

곧바로 새로운 팀이 들어와 곡을 연주했다.

이번에는 홍대에서 실력을 알아주는 언더그라운드 음악가들이었다.

지금 유행하는 주류 음악이 아닌 자기들만의 색깔이 분명한 음악이었다.

1시간 동안 3팀의 연주가 금세 지나갔다.

잠시 휴식 타임에 소냐와 나는 맥주를 시켜 목을 축였다.

열기로 가득한 홀 안은 연신 에어컨을 틀고 있었지만 그것만으로는 부족했다.

"카아! 역시 이럴 때는 맥주가 최고지."

단숨에 병맥주 하나를 비웠다.

내 표정이 맥주 회사의 광고처럼 꽤 리얼했는지 가인이가 궁금한 듯 물어왔다.

"그렇게 맛있어?"

"응, 더울 때는 이게 최고야. 여기 이거 하나 더 주세요."

나는 하이네켄 한 병을 더 시켰다.

이곳에서는 수입 맥주를 다른 곳보다 저렴하게 팔았다.

"그럼 나도 하나 시켜줘."

"야! 아직은 마실 때가 아니야."

"왜 그래? 소냐 언니 환영회 때에도 마셨잖아."

"그때는 학력고사 백 일 전이라고 해서 봐준 거지. 오늘은 안 돼."

현재 송 관장을 대신한 가인이와 예인이의 보호자로서 술은 안 되었다.

"한 병은 괜찮을 거야. 요새 공부하느라고 스트레스가 많이 쌓여서 그래. 딱 오늘만 허락해 주라. 졸업할 때까지 마시지 않을게."

오늘따라 가인이가 전에 없이 나에게 부탁을 했다.

사실 방학 기간 내내 내가 러시아에 가 있는 바람에 두 사람을 잘 돌보지 못했다.

내가 없는 사이에 맥주 한 잔을 마셔도 알 수 없는 상황이었다.

물론 가인이와 예인이가 그럴 행동을 할 친구들은 아니었다.

"왜 마시고 싶은데? 정말 스트레스가 심해서 그래?"

"이렇게 바로 눈앞에서 좋은 음악을 들으니까 나도 모르게 묘한 흥분감이 일어서. 마치 무대에서 연극을 모두 끝내고 나서 오는 갈증 같다고나 할까."

가인이가 무엇을 말하려고 하는지는 다 이해할 수 없었지만 나 또한 무대에서 뿜어져 나오는 열기에 의해서 목이 타는 갈증이 느껴졌다.

가인이는 시인인 어머니를 닮아서인지 예술적인 감성이 상당히 뛰어났다. 물론 예인이도 그에 못지않은 감수성을 지녔다.

한데 두 자매는 서로가 비슷하면서도 서로 다른 느낌의 감성을 지녔다.

"그럼 정말 이번이 마지막이다."

가인이는 고개를 위아래로 끄덕였다.

"예인이도 필요한 거야?"

"아니, 나는 시원한 오렌지 주스면 돼."

나는 두 사람의 원하는 것을 시켜주었다.

주문은 음료들이 테이블에 도착할 때에 김찬우 씨가 급하게 무대에 올랐다.

"여러분 정말 죄송합니다. 2부 공연을 담당한 팀이 이곳으로 오는 도중에 교통사고를 당했다고 합니다. 2부에는 제가 연주를 하겠습니다. 그리고 원하시는 분이 계시면 무대에 올라오셔서 공연을 하셔도 됩니다. 멋진 공연을 펼치신 분께는 오늘 식사를 무료로 드리겠습니다. 다시 한 번 죄송하다는 말씀을 드리며 양해 부탁드립니다."

피아니스트인 김찬우 씨는 곧장 피아노에 앉아 재즈곡을 연주했다.

김찬우의 말에 웅성거리던 홀 안은 다시금 음악이 흐르자 적막 속으로 빠져들어 갔다.

연주가 끝나고 나자 김찬우 씨는 다시금 무대에서 연주나 노래를 할 사람이 있는지를 물었다.

"실력이 뛰어나지 않아도 됩니다. 이곳에서 함께 어우러져 즐기자는 뜻이니까요. 이 무대는 누구나가 연주할 수 있는 열린 무대입니다."

그때였다.

맥주 한 병을 다 비운 가인이가 선뜻 손을 들었다.

정말 뜻밖이었다.

평소에 잘 나서지 않던 가인이었기에 더 그랬다.

"정말 아무 노래를 불러도 식사가 무료란 말씀이시지요?"

가인이는 김찬우가 말했던 약속을 되물었다.

"물론이에요. 이곳에 계신 분들에게 좋은 음악을 선보이는 것이 목적이니까요. 이쪽으로 올라오시지요."

김찬우는 밝은 무대와 달리 어두운 쪽에 앉아 있어 가인이의 모습이 잘 보지 못했다.

그는 치기 어린 대학생이 무대에 오르고 싶어 한다고 생각이었다.

"예인아, 같이 올라가자."

"나는 좀 그런데. 언니만 올라가면 안 돼?"

"안 돼. 어떻게 반쪽을 놓고 올라가냐? 어서 와."

"그래, 이 오빠에게 멋진 노래 좀 들려줘라."

내 말에 마지못해 예인이도 자리에서 일어났다. 가인이는 예인이의 손을 잡고 무대로 향했다.

어두운 곳에서 밝은 무대로 올라서자 두 자매의 외모가 확연히 드러났다.

그러자 홀 안에 있는 사람들의 시선이 두 사람에게 단숨에 모아졌다.

김찬우도 가인이와 예인이의 모습을 보자 깜짝 놀라는 눈치였다.

"와우, 정말 아름다운 여성 두 분께서 무대에 올라오셨습니다. 저희 가게 역사상 가장 예쁜 분들을 무대에 모신 것이 아닌가 생각됩니다."

김찬우의 말에 홀 안에 있는 사람들도 환호성을 보냈다.

휘이익!

"정말 예뻐요!"

무대의 조명을 받고 있는 가인이와 예인이는 내가 보더라도 예쁘고 아름다웠다.

"성함이 어떻게 되는지 물어봐도 될까요?"

"저는 송가인이고 옆쪽은 제 동생인 예인이라고 합니다."

가인이는 조금 부끄러운지 살짝 양 볼이 붉은빛을 띠었다.

"이름도 얼굴처럼 예쁜이네요. 연주를 할 건가요? 아니면 노래를 부를 건가요?"

"동생과 함께 노래하려고요."

"좋습니다. 그러면 부르실 곡은?"

"빌리 홀리데이 〈I'm a fool to want you(나는 당신을 원하는 바보예요)〉입니다."

가인이의 말에 김찬우는 깜짝 놀라는 표정이었다.

가인이의 입에서 전혀 상상하지 못했던 가수의 이름과

노래 제목이 나온 것이다.

1950년대 활동했던 빌리 홀리데이(Billie Holiday)는 역대 재즈 여성보컬 중 엘라 피트제랄드(Ella Fitzgerald), 사라 본(Sarah Vaughan)과 더불어 3대 디바로 손꼽히는 흑인 재즈 가수였다.

그녀의 허스키하고 애수에 젖은 듯한 특이한 스캣(무의미한 음절로 가사를 대신해서 리드미컬하게 흥얼거리는 것을 말하는 것) 방식과 음색으로 음악 역사상 가장 많은 뮤지션에게 영향을 주었던 뮤지션 중 하나로 손꼽혔다.

나는 가인이가 빌리 홀리데이를 알고 있고 그녀의 노래를 부른다는 것이 신기했다.

I'm a fool to want you는 많은 가수가 불렀던 곡이기도 했다. 하지만 어떤 가수도 빌리 홀리데이만큼 감동을 주지 못했다.

"정말 좋은 노래이자 명곡이죠. 자! 그럼 이 아름다운 두 분의 입에서 어떤 감성이 나오는지 들어보겠습니다."

김찬우의 말이 끝나자 홀 안에 있는 사람들이 박수를 보냈다.

짝짝짝!

나는 살짝 불안했다.

빌리 홀리데이의 감성은 정말 함부로 흉내 낼 수 있는 것이 아니었다.

정확하게 기억이 나지는 않지만 비가 무수히 내리던 어느 날 라디오에서 흘러나오는 I'm a fool to want you가 흘러나오는 순간 아무것도 할 수 없게 만드는 애절함과 먹먹함에 사로잡혔던 적이 있었다.

무대의 조명이 꺼지며 천천히 피아노 반주와 베이스의 선율이 흘러나왔다.

그리고 기다리던 가인이의 목소리가 들려왔다.

I' m a fool to want you
나는 당신을 원하는 바보예요

To want a love that can' t be true
실현될 수 없는 사랑을 원하는

2절은 예인이의 목소리가 홀 안에 울려 퍼졌다.

To seek a kiss not mine alone
나에게 올 리 없는 키스를 바라는 바보입니다

홀 안에 울려 퍼지는 가인이의 예인이의 목소리는 마법

을 부린 것처럼 너무도 애절해 사람들의 마음을 훑고 지나갔다.

나를 바라보며 부르는 노래 가사는 마치 내게 말하는 것처럼 들려왔고 몸이 떨려올 정도로 충격을 받았다.

두 사람의 목소리에는 사람을 끌어당기는 마력이 있었다.

'지금까지 두 사람의 노래를 들어본 적이 없었구나. 이건 정말 장난이 아니네.'

두 사람의 노래가 모두 끝나자 홀 안은 쥐 죽은 듯 정적이 계속되었다.

나는 가슴이 심하게 요동치며 뛰었다.

누가 할 거라 없이 모두가 큰 감동을 받은 상태였다.

피아노 연주를 맡았던 김찬우나 다른 연주자들도 모두가 같은 느낌을 받았다.

가인이와 예인이는 노래에 천부적인 소질이 있었다.

그리고 그 누구도 갖지 못한 매력적인 목소리를 가지고 있었다.

*   *   *

블루문을 나서는 동안에도 피아니스트이자 블루문의 주

인인 김찬우 씨는 계속해서 가인이와 예인이의 연락처를 물어왔다.

하지만 두 사람은 끝내 전화번호를 알려주지 않았다.

얼마 남지 않은 대입학력고사에 전념해야 한다는 이유에서였다.

김찬우 씨는 지금 당장에라도 두 사람이 앨범을 낼 정도로 뛰어난 실력과 매력을 갖추고 있다는 이야기와 칭찬을 했다.

"자! 여기 내 명함이니까. 정말 생각해 보고 꼭 한 번 연락해 줘요. 천부적인 실력을 그냥 이대로 썩히기에는 너무 아까워서 그래요. 오빠분하고도 상의 잘 해보고요. 그리고 우리 가게는 언제든지 열려 있으니까 자주 들러줘요. 맛있는 음식을 대접할 테니까."

김찬우는 가인이와 예인이에게 홀딱 빠져버렸다.

뛰어난 외모와 함께 사람을 끌어들이는 매력적인 목소리에는 묘한 마력까지 있었다.

나 또한 이번에 두 사람의 평소 목소리와 노래 부를 때의 목소리가 다르다는 것을 처음 알았다.

"예, 시간 나면 꼭 다시 들를게요."

"그래요. 꼭 다시 찾아줘요."

가인이의 대답을 듣고서야 김찬우는 아쉬움을 감추며 블

루문으로 들어갔다.

"휴! 노래 한 번 불렀다가 꽤 힘들어졌네."

예인이는 짧게 한숨을 내쉬며 말했다.

그도 그럴 것이 노래가 끝나고 나서 한참 뒤에 터진 환호성과 박수는 블루문을 떠나가게 만들었다.

그리고 터진 앙코르 요청에 두 사람은 결국 한 곡을 더 부르고 나서야 자리에 돌아올 수 있었다.

두 번째 곡은 예인이가 만든 자작곡을 불렀다.

예인이가 피아노를 연주했고 가인이가 노래를 불렀다.

가슴에는 꿈을 입술에는 달콤한 멜로디를 지닌
그 사람은 바람과 미소가 참으로 잘 어울리는
사랑스러운 연인……

노랫말이 참으로 아름답고 좋은 노래였다.

"노래를 언제부터 그렇게 잘 불렀던 거야?"

정말 오늘은 두 사람에 대해서 알지 못하고 있던 부분을 알게 된 날이었다.

"우리한테 관심 좀 가지고 살아. 날마다 집에서 흥얼거리고 있었는데."

가인이가 나를 보며 타박하듯 말했다.

"흥얼거리는 거하고 진심으로 노래 부르는 것은 다르잖아. 하여간 오늘 정말 새롭게 보이더라."

"어디가 그렇게 새로웠는데?"

예인이가 내 말에 바로 물어왔다.

"모든 게 다. 무대에서 조명을 받고 노래 부르는 모습에서 후광이 비쳐 나온다고 해야 하나. 나도 모르게 그 모습에 빠져들게 되더라고."

사실이 넋을 빼놓고 봤다. 한마디로 저 하늘에서 내려온 아름다운 여신들 같았다.

"나도 너무 좋았어. 가인와 예인이에게 노래를 배워야겠어."

소냐도 가인이와 예인이의 노래 실력에 완전히 반해 버렸다.

"후후! 앞으로 자주 오빠 앞에서 노래를 불러야겠네."

예인이는 내 말이 마음에 들었는지 밝게 웃으며 말했다.

"하여간 두 사람 덕분에 저녁도 맛있게 먹었고 좋은 노래도 들었으니까. 필요한 것 있으면 말만 해. 내가 오늘 다 사 줄 테니까."

블루문에서 먹었던 식사는 가인이와 예인이 덕분에 값을 치르지 않았다.

"정말이지?"

가인이가 되물었다.

"그래, 소냐도 필요한 것 있으면 말해."

"나까지?"

"응, 오랜만에 같이 나온 김에 쇼핑이나 하자. 저 아래쪽에 옷 가게하고 액세서리 가게가 많던데."

나는 세 여자를 데리고서 옷 가게가 있는 곳으로 향했다.

요즘 들어 가인이와 예인이도 외모에 조금씩 신경을 쓰는 것이 보였다.

옷 가게가 늘어선 곳에는 개성과 멋이 어우러진 옷이 많이 진열되어 있었다.

세 사람이 마음에 들어 하는 옷들이 있는 〈뭉크〉라는 간판이 달린 가게로 들어갔다.

옷 가게 주인이 직접 디자인해서 만든 옷들을 파는 가게였다.

세 사람 다 옷걸이가 좋아서인지 걸치는 옷마다 모두 잘 어울렸다.

가게 주인은 자신이 손수 만든 옷을 입은 세 여인의 자태에 감탄사를 연발하며 만족스러움을 감추지 못했다.

자신이 옷을 만든 이후에 이렇게 자신의 의상을 소화해

내는 사람을 만나지 못했다며 정말 좋은 가격에 옷을 내주었다.

나는 세 사람이 번갈아가며 옷을 갈아입을 때마다 눈을 떼지 못했다.

'야아! 정말 눈이 호강하는구나.'

정말이지 세 사람은 우열을 가릴 수 없을 정도로 개성 있었고 누구보다 아름다웠다.

세 사람은 각자 마음에 드는 옷을 골랐다.

"조만간 다시 와요. 내가 세 사람을 위해서 옷을 만들어 놓을 테니까."

뭉크의 주인은 세 사람이 정말 마음에 들어 했다.

"마음에 들어?"

"고마워, 잘 입을게."

"나도 잘 입을게, 오빠."

"고마워, 태수. 태수를 데리고 자주 나와야겠어. 앞으로 학교에서도 잘 부탁해."

소냐는 영화에서 봤던 것처럼 치마를 양손으로 살짝 들고 서 고개를 숙여 인사를 건넸다.

"하하하! OK!"

오늘은 모두가 만족해하는 하루였다.

'이런 날만 계속되었으면 좋겠는데……'

회사에서 받았던 스트레스가 단숨에 사라져 버렸다.

*　　　*　　　*

오랜만에 북한산에 위치한 훈련 장소에 올라 떠오르는 해를 바라보았다.

그동안 러시아에도 짬짬이 훈련을 해왔지만 한국에서 했던 만큼은 아니었다.

"역시! 이곳에서 바라보는 일출은 장관이야."

떠오르는 해를 향해 두 팔을 뻗을 때였다. 뒤쪽에서 인기척이 들렸다.

이곳은 절벽 아래에 자리 잡고 있어 일반 등산객이나 산을 찾은 사람이 쉽게 찾아올 수 없는 장소였다.

내가 뒤를 돌아보자 삼십 대 후반으로 보이는 남자가 내쪽으로 걸어오고 있었다.

"이런! 이미 주인이 있는 장소였네. 방해해서 미안합니다."

사내는 나를 방해한 것에 미안한 표정을 지으며 말했다.

어디서 본 듯한 평범한 얼굴을 하고 있었지만 왠지 걸어오는 인물의 모습에서 예사롭지 않은 기운이 느껴졌다.

"어! 아닙니다."

"제가 근처로 이사를 왔는데 운동할 장소를 찾고 있다가 이리로 내려오게 되었습니다. 이곳에서 운동하시나 보죠?"

그는 친근하게 물어왔다.

"예, 저도 저 아래에 살고 있거든요. 가끔 아침에 올라와서 이곳에서 일출을 보곤 합니다. 이곳이 일출을 보는 데에는 가장 멋진 장소거든요."

나는 처음 보는 사내였지만 왠지 그에게서 나와 같은 동질감이 느껴졌다.

내 육감이 맞는다면 그 또한 무도가일 것이라는 생각이 들었다.

그의 행동거지는 평범하게 보일 수 있었지만 그 움직임에는 언제든지 공격과 방어를 할 수 있는 유리한 방위를 점하고 있었다.

"그렇군요. 서울에도 이런 곳이 있을 줄은 몰랐습니다. 서울에 올라온 지 삼 일밖에 안 돼서요."

그는 다름 아닌 흑천의 호법이자 정민당의 한종태 사무총장을 경호를 맡게 된 백천결이었다.

"저도 매일 산에 올라오는 것도 아니니까 필요하시면 이곳을 이용하십시오."

이젠 나만이 알고 있는 장소가 아니었다.

"하하! 그래도 되겠습니까?"

백천결은 내 제의를 거절하지 않았다.

"예, 어차피 제 땅도 아닌데요."

"그럼 제가 일주일에 세 번만 이용하겠습니다. 운동해야 하는데 제가 낯가림에 심해서 사람들이 없는 장소를 찾고 있었습니다."

'역시나! 내 느낌이 맞았네.'

운동을 하려고 일부러 위험한 이곳까지 올라온다는 것은 보통 사람은 아니라는 뜻이었다.

"그러십시오. 저는 월수금에 이곳에 올라오도록 하죠."

"그럼 저는 화목토에 사용하도록 하겠습니다. 정말 고맙습니다. 저는 백천결이라고 합니다."

백천결은 손을 내밀며 내게 악수를 청했다. 나는 서슴없이 그가 내민 손을 잡았다.

"예, 강태수라고 합니다."

백천결의 손은 거친 느낌이 전혀 없었다. 그냥 평범한 보통 사람과 다르지 않았다.

오히려 내 손이 그보다 더 단단하고 거친 느낌이었다.

"운동을 열심히 하신 것 같습니다."

백천결은 내 손을 보며 말했다.

"어릴 때 몸이 좀 아파서 건강 때문에 해오다 보니 지금까지 오게 되었습니다."

낯선 사람에게 굳이 사실대로 말할 필요는 없었다.

"그러시구나. 저도 건강을 위해서 하고 있습니다. 다음에 기회가 되면 제가 식사라도 대접하겠습니다. 이런 좋은 장소를 내주셨으니까요."

"아닙니다. 안 그러셔도 됩니다."

"제가 그렇고 싶습니다. 그럼 다음에 또 뵙겠습니다."

백천결은 나에게 고개를 숙여 인사를 하고는 가볍게 바위를 밟고는 위로 올라갔다.

그가 보인 동작은 평범하면서도 범상치가 않아 보였다.

* * *

용산전자상가는 점점 더 사람들이 몰려들었다.

전자랜드가 개장하면서 가전제품, PC, 음향기기, 전자부품 등을 판매하는 많은 상점이 새롭게 문을 열자 사람들의 발걸음이 더욱 늘어났다.

용산전자상가는 동양 최대의 전자단지를 목표로 모델로 삼았던 일본의 전자상가인 아키하바라를 넘어서겠다는 의욕이 대단했고, 실질적으로 연건평 7만 2천 평의 규모는 아키하바라를 넘어서고 있었다.

이런 상황과 맞물려 비전전자는 하루가 다르게 성장하고

있었다.

다른 매장과 달리 PC에 들어가는 메인보드, VGA카드, 메모리, 하드디스크, PC 본체케이스까지 모든 개별 부품을 구매할 수 있게 만든 45평 크기의 부품 판매장에는 사람들의 발걸음이 끊이지 않고 이어졌다.

이러한 대규모 종합 판매장은 90년대 후반에 들어서면서 생겨났지만 비전전자는 한발 앞서서 종합 판매장을 마련한 것이다.

각각의 부품을 개별 구매하여 개인이 직접 PC 본체를 조립하며 10~15% 정도 싸게 PC를 구매하는 효과가 있었다.

더구나 용산전자상가 내에서 판매되는 PC 본체의 가격은 IBM AT 기준으로 80~100만 원 선에, IBM XT가 50~60만 원 선에 판매되고 있었다.

이는 시중에 판매되는 것보다 20% 정도 저렴한 가격이었다.

비전전자 종합 판매장은 개인뿐만 아니라 소규모 PC 조립판매점들도 이용하고 있었다.

부품을 생산하는 공장들과 직접 거래하고 모두 현금을 지급해 주는 조건 때문에 비전전자 종합 판매장에 판매되는 부품들은 저렴할 수밖에 없었다.

비전전자 종합 판매장를 따라 하는 동일한 판매장이 생

겨났지만 가격과 PC 부품들의 종류 면에서 큰 차이를 보였다.

그 덕분에 오히려 사람들의 발걸음을 더더욱 비전전자 판매장으로 이끌었다.

더불어서 비전전자에서 판매되는 드림-I와 드림-II의 판매량도 계속해서 늘어갔다.

지방에서 올라와 드림-I와 드림-II를 서너 대씩 사가는 중간업자도 많아졌다.

방학기간 때에는 명성전자에서 조립되어 판매되어 납품된 PC보다 비전전자에서 판매된 PC가 더 많을 정도였다.

컴퓨터를 찾는 사람들이 늘고 PC 시장이 가파르게 성장하자 비전전자 또한 빠르게 성장하고 있었다.

5평 크기의 작은 매장에서 출발한 비전전자는 이제 3개의 판매장과 사무실을 갖춘 업체로 커졌다.

직원들도 열다섯 명으로 늘어난 상태였고, 용산전자상가 내에서도 가장 큰 업체 중에 하나로 이름을 올리고 있었다.

올해는 용선공업고등학교에서 두 명의 현장실습생으로 받는 상황이 되었다.

전자과 학생들은 용산전자상가로 실습을 나가는 걸 별로 달가워하지 않았다.

규모도 크지 않은 업체에서 배우는 것 하나 없이 판매할 물건들만 실컷 나르다가 돌아오는 경우가 허다했다.

하지만 의무적으로 현장실습을 해야 하는 규정 때문에 한두 명의 아이는 용산전자상가 내에 업체로 실습을 나가곤 했다.

나는 강호에게 말해서 똘똘한 친구로 먼저 실습생을 선발하도록 이야기해 놓았다.

단순히 실습생인 아닌 졸업 후에도 비전전자에서 일을 함께할 수 있는 친구로 말이다.

비전전자는 내가 생각보다 더 빠르게 성장하고 있었다. 매출액도 전반기에만 45억을 달성했다.

이대로 가면 100억 매출은 꿈이 아니었다.

더구나 판매에 따른 이익금도 상당했기에 회사 내의 보유자금도 넉넉했다.

비전전자는 가장 알짜배기로 성장해 가는 회사가 되어가고 있었다.

Chapter 11

오래간만에 강호와 신구와 술자리를 함께했다.

"야! 바쁜 척하는 하는 거냐? 아니면 정말 바빠서 얼굴도 안 보여주는 거냐?"

강호가 나를 질책하듯이 물었다.

"보면 모르겠냐? 정말 하루가 어떻게 가는지도 모르겠다."

한국에 돌아오자마자 각 사업장을 돌아다니면서 진행되는 상황들을 파악하느라 정신이 없었다.

"그러게 라면 사업은 왜 시작해서 친구 얼굴도 못 보게 만드냐? 비전전자가 잘 안 되는 것도 아닌데."

신구의 말처럼 비전전자는 잘되는 것을 넘어서 확실한 성공가도를 달리고 있었다.

"그렇게 말이다. 휴! 도와달라는 말에 시작했는데, 요새는 정말 힘들어서 죽겠다."

나는 앞에 놓인 맥주를 마시면서 말했다.

도시락의 분위기는 비전전자나 닉스하고는 완전히 달랐다.

비전전자나 닉스는 생동감이 넘쳐났다.

뭐든지 할 수 있다는 자신감과 함께 누가 시켜서 일하는 것이 아니라 자발적으로 일을 찾아서 하는 분위기였다.

그와 반대로 도시락은 눈치를 보는 분위기가 팽배했다.

회사의 대표와 의사결정자는 분명 나로 되어 있지만, 김대철 사장을 통해서 입사한 인물 대부분이 나보다는 김대철의 의중을 살피며 일했다.

도시락은 러시아에 대한 수출로 인해서 활발하게 돌아가고는 있지만 물밑으로는 파벌 싸움을 벌이고 있었다.

"그냥 나오면 안 되냐?"

신구가 내 한숨 소리를 듣고는 물었다.

"그게 좀 복잡하다. 투자한 것도 있고 아직은 시기가 아니라서. 어쨌든 내가 벌인 일이니까 내가 수습해야지. 너희는 요새 어떻게 지냈냐?"

"말 마라. 한가하게 궁둥이 붙일 시간조차 없이 생활한다. 토요일이라도 일찍 끝나야 하는데 그러지도 못하고."

신구의 말처럼 방학을 맞이하여 용산전자상가를 찾는 사람들이 폭발적으로 늘었다.

그 덕분에 비전전자도 정신없이 바쁘게 돌아가고 있었다.

더구나 가장 사람이 몰리는 날이 토요일과 일요일이라 직원들이 쉬지 못하고 일을 해오고 있었다.

직원들 스스로 결정해서 토요일에는 저녁 6시까지, 일요일은 오후 3시까지 영업을 했다.

원래는 토요일에 2시까지만 종합 판매장을 운영했었다.

"그래, 열심히 너희가 일한 덕분에 회사가 잘 돌아가고 있다. 이번 달에 매출도 최고로 달성했으니까 보너스를 넉넉하게 풀어놓으마."

"역시! 우리 강 사장님은 배포가 있으시다니까. 제가 한 잔 따라드리겠습니다."

내 말에 강호의 얼굴에 화색이 돌았다.

강호나 신구 모두 취업을 한 다른 친구들보다 두세 배나 많은 월급을 받고 있었다.

아니, 대학을 졸업한 사람보다도 많은 월급이었다.

"이럴 때만 사장님이냐?"

"내 마음속에서 너는 영원한 나의 오너다. 얼마나 주시려고 생각 중이십니까?"

얼굴에 웃음을 띠며 말하는 강호의 표정에는 기대감이 역력했다.

"글쎄다. 얼마를 받고 싶냐?"

"나야 많으면 많을수록 좋지."

"신구는?"

"나도 많이 주면야 좋지. 여름휴가도 다녀오지 못했는데."

강호와 신구, 그리고 과장급 직원들은 여름휴가를 반납하고 일을 했었다.

강화와 신구 둘 다 대리직급이었지만 회사 내 과장급 직급들도 그들을 함부로 대하지 못했다.

두 사람 다 창업멤버에다가 내 친구라는 점과 비전전자의 지분을 갖고 있기 때문이었다.

"그래, 최고 매출도 달성했으니까. 보너스는 100%로 나갈 거다."

보너스는 정기 보너스가 아닌 특별 보너스였다.

"100%면 얼마야?"

신구가 순간 눈을 깜빡 걸이며 말했다.

"야! 이 바보야. 네가 받는 월급을 한 번 더 받는 셈이야."

"아! 순간적으로 계산이 안 돼서 그렇지. 그럼 이번 달에 260만 원을 받는다는 말이네."

두 사람이 한 달에 받는 월급은 130만 원으로 과장직급의 급여를 받고 있었다.

1991년 8월 현재 생산근로자 평균 급여가 609,135원이었고, 관리·사무 및 기술근로자는 평균 790,652원을 받고 있었다.

"수고한 만큼 돌아가는 거니까. 대신 여름휴가를 가지 못한 사람만 100%를 지급하고, 갔다 온 사람은 50% 정도 지급하는 걸로 하면 불만은 없을 거야."

여름휴가를 떠난 사람들은 이미 여름휴가 보너스를 받았었다.

"이렇게 돈을 벌다가는 금방 부자 될 것 같다. 오늘 술값은 내가 낸다."

신구가 기분이 좋은지 호기 있게 말했다.

통닭에 맥주를 먹는 것이 전부지만 1년 전만 해도 떡볶이에 순대도 감지덕지했었다.

"우리 모두 부자가 돼야지. 지금은 아니지만 앞으로 지금처럼만 열심히 하면 평생 돈 걱정 없이 살게 해줄 테니까."

나는 확신이 있었다.

비전전자를 더욱 키워서 주식을 상장할 계획도 갖고 있었다.

그렇게 되면 두 사람이 가지고 있는 회사 지분이 큰돈으로 돌아오게 된다.

"난 처음 널 볼 때 다른 놈하고 뭔가 다르다는 필이 그냥 팍 오더라고. 이 친구는 뭔가를 크게 될 놈이라고 말이야."

강호의 아부는 하루가 다르게 늘고 있었다.

"그랬었냐. 내가 기억하기로는 그런 말을 고등학교 3년 동안 한 번도 네게 들은 적이 없었던 것 같은데."

강호와 첫 만남에서 기억나는 말은 강호가 반 친구들을 보고서 애새끼들이 다 비리비리하다는 말이었었다.

"내가 얼마나 입이 무거운 놈인데, 마음속에 담고 있는 말을 함부로 말하겠냐. 지금에서야 이야기는 하는 거지."

"내 첫인상이 어땠냐?"

신구가 강호에게 호기심 어린 표정으로 물었다.

"꼭 말해야 되냐?"

"태수에게는 말했잖아. 나는 뭐 오는 느낌이 없었냐?"

"너도 있었지. 널 처음 보는 순간 팍 오더라."

"잘나갈 것 같더냐?"

"아니. 밥 먹고 살기 힘든 놈이라고 생각했지."

"뭐?!"

신구가 강호의 말에 발끈했다.

"그런데 운은 더럽게 좋은 놈이라고 마저 생각했다."

"왜?"

"그거야 당연하지 않냐? 나랑 태수가 친구 해주었으니까. 넌 우리를 만남으로써 대운이 확 트인 거지. 그렇지 않았으면 평생 공장에서 열심히 납땜이나 해야 하는 처지인데 말이야."

"아, 정말! 너 이리 와봐. 요새 맞질 않아서 정신을 못 차리는 것 같은데."

신구는 강호의 말에 화를 내며 강호를 잡으려고 했다.

강호는 신구에게 붙잡히지 않으려고 내 옆으로 잽싸게 피했다.

두 사람은 아직도 애처럼 놀았다.

"야야! 강호가 농담으로 한 말 가지고 그러냐. 이젠 학교 다닐 때처럼 행동하면 안 돼. 회사에서도 보는 눈이 많아졌다는 거 모르냐. 강호도 이젠 말 좀 가려서 하고."

내 말에 두 사람 다 자리에 앉았다.

"그리고 4년제 대학이 안 되면 전문대에 들어갈 수 있게 공부 좀 해둬라. 앞으로 회사에 사람들이 계속 늘어날 건데 너희가 중간관리자 노릇을 해야 하지 않겠냐. 그러려면 그만한 배움과 지식이 뒤따라야 가능한 일이야. 능력은 없는데 직급만 높다고 해서 사람들을 이끌어 갈 수 있는 문제가 아니거든."

내 말에 두 사람 다 꿀 먹은 벙어리가 되었다.

둘 다 회사에서는 게으름 피우지 않고 열심히 일은 했지만 공부하고는 담을 쌓고 살았다.

"후! 그게 말처럼 쉽게 안 된다. 회사에서 퇴근하고 나면 몸은 피곤하고, 공부하려고 책을 펼치면 그냥 두 눈이 자동으로 감긴다."

"나도 마찬가지야. 나도 공부할 체질이 아닌 것 같다."

앓는 소리를 하는 두 놈에게 뭐라고 해야 할 말이 떠오르지 않았다.

사실 나도 이전의 삶에서는 두 친구처럼 대학을 크게 생각하지 않았었다.

하지만 직장 생활에서 고졸이라는 학력 때문에 차별을 당하다 보니 공부를 할 수밖에 없었었다.

억지로 떠밀려서 공부를 해봤자 실력이 느는 것도 아니었지만 두 사람을 이대로 놔둘 수는 없었다.

"말로만 했었는데 이젠 그냥 두면 안 되겠다. 내일 당장 학원 끊고 두 사람 다 등록해. 학원비는 내가 낼 테니까.

그리고 올해 대학에 못 들어가면 회사에서 퇴사하는 걸로
하겠다. 물론 회사에 투자한 지분은 돈으로 다 돌려줄 거
고."

나는 초강수 카드를 빼 들었다.

"야! 뭐야. 아깐 태수 너만 믿고 따라오라며."

"그래, 지금 공부해서 어떻게 대학에 들어가라고."

강호와 신구가 볼멘소리로 말했다.

"나를 믿는다면 내 말대로 해. 퇴근 시간도 한 시간 앞당
겨 줄 테니까. 공부에만 매진해라. 그래야 네가 좋아하는
예인이도 널 괜찮게 생각할 거 아니야."

나는 예인이까지 들먹이며 말했다.

"정말 그럴까?"

강호가 예인이의 이름이 나오자 표정이 바뀌며 물었다.

"당연하지. 대학교가 인생을 좌우하는 것은 아니지만 지
금보다 한 단계 더 발전할 수 있는 토대를 마련하는 것은
사실이다. 예인이는 지금 서울대를 목표로 공부하고 있
어."

"그건 그렇지. 남자가 여자친구와는 레벨이 비슷하기는
해야지. 알았다. 네 말대로 할게."

이미 예인이가 자신의 여자친구가 된 것처럼 말하는 강
호였다.

"신구는?"

"난 정말 책만 보면 자는데."

신구는 난감한 표정으로 말했다.

"그럼 회사를 떠나서 강호 말처럼 공장에서 납땜이나 하면서 살아야 할지도 모른다. 그럼 기껏해야 50만 원 정도 받을까 말까 하겠지."

내 말은 사실이었다.

아니, 고등학교를 졸업한 지 얼마 되지 않아서 50만 원도 받지 못할 수도 있었다.

신구는 현재 자신의 누나나 형보다도 월급을 많이 받고 있었다.

그 덕분에 집안의 골칫덩어리였던 신구는 부모님의 귀여움을 독차지하고 있었다.

물론 월급을 많이 받는다는 것도 있었지만 사람 구실을 제대로 한다는 평가를 받는 것이 신구의 어깨를 들썩이게 했다.

신구의 부모님은 어딜 가나 신구를 자랑하기 바빴다.

더구나 비전전자 사무실을 얻기 위해서 집에서 빌려갔던 오백만 원도 모두 갚은 상태였다.

"후! 알았다. 나도 해야지 뭐."

큰 한숨을 쉬며 신구도 어쩔 수 없다는 표정이었다.

"그럼 내일부터 당장 시작하는 걸로 하고 회사에는 내가 말해둘 테니까. 이왕 할 거면 열심히들 해라. 대학에 합격하면 이 형님이 특별 보너스를 줄 테니까."

나는 두 사람을 대학에 입학할 수 있게 직접 족집게 과외도 해줄 계획이었다.

두 사람이 커나가야만 나도 안심하고 비전전자를 맡길 수 있었다.

*   *   *

긴 방학이 끝나자 다시금 학교 생활이 시작되었다.

방학 동안 다들 바쁘게 지냈는지 모습이 많이 바뀌어 있었다.

나와 배낭여행을 가기 원했던 백단비 또한 건강한 모습으로 강의실로 들어오고 있었다.

그와 함께 청운회 멤버인 정희철과 이정수도 모습을 보였다.

백단비는 나를 보자마자 내 자리로 다가와서는 말을 붙였다.

"얼굴이 많이 탄 것 같네. 어디 여행이라도 갔다 온 거야?"

"어, 아시는 분 일 좀 도와드리느라고 지방에 가 있었거든. 여행은 재밌었어?"

"생각보다는 즐거웠어. 하지만 뭔가 계속 허전하더라고. 뭐 그래도 좋은 경험이었어."

백단비가 아쉬워하는 것이 무엇인지 잘 알고 있었다.

"즐거웠다니 다행이다."

"아, 이거 사지 않으려고 했는데, 그게 내 마음대로 잘 안 되더라고. 안 받는다는 소리는 하지 말고."

백단비는 가방에서 예쁘게 포장된 선물 상자를 꺼내 내게 내밀었다.

"이게 뭔데?"

"뜯어봐."

백단비의 말에 나는 선물 포장을 벗겨 냈다.

선물 상자 안에 들어 있는 것은 국내에서 아직은 구매할 수 없는 명품 브랜드의 최고급 남자 지갑이었다.

"이거 꽤 비쌀 텐데."

"맞아. 생각보다 비싸더라고. 하지만 주고 싶은 사람에게는 가장 좋은 걸 주어야겠다고 생각이 들어서. 너랑 같이 여행 가고 싶었는데, 뭐 나중에 또 기회가 있겠지."

"그래, 고맙다. 정말 잘 쓸게."

백단비의 호의를 거절하면 그녀에게 더 큰 상처를 줄까

봐 지갑을 받았다.

"주중에 술 한잔하자. 오늘은 안 될 테니까."

"어, 그래."

백단비는 말을 하고는 때마침 강의실로 들어오는 한수연의 곁으로 걸어갔다.

한수연 또한 날 보자 손을 흔들며 반가움을 표시했다.

수업이 모두 끝나고 오랜만에 만난 이동수와 회포를 풀려고 할 때에 명성전자에서 삐삐가 왔다.

나는 곧장 공중전화로 가서 회사로 전화를 걸었다.

"무슨 일이죠?"

명성전자에서 납품을 맡고 있는 최봉환 차장의 말이었다.

―다름 아니라 저희가 드림―I를 납품한 업체에서 회사를 상대로 사기혐의로 경찰에 고소가 들어왔습니다. 납품한 드림―I에 들어간 부품을 모두 중고를 썼다고 말하고 있습니다.

"예, 그게 무슨 말입니까?"

"보름 전에 청일산업이라고 드림―I 30대를 주문이 들어와 일주일 전에 납품했습니다. 한데 그쪽 사업주가 남은 납품대금 절반을 주지 않고서는 오히려 저희가 불량부품과 중고제품을 써서 납품했다고 억지 주장을 펼치다가 저희가 말도 안 되는 이야기로 하자 고소를 해왔습니다."

"알겠습니다. 제가 회사로 들어가지요."

나는 전화를 끊고는 곧장 명성전자로 향했다. 동수와의 해포는 다름으로 미루기로 했다.

Chapter 12

　명성전자에서 조립되어 나가는 드림—I와 드림—II는 철저하게 성능 테스트와 전수검사(全數檢査)를 마친 후에야 출하된다.

　청일산업에서 주장하는 것처럼 불량부품이나 중고부품을 썼다는 주장은 사실 말도 안 되는 소리다.

　"출하 전에 사진은 찍어놓으셨고요?"

　"예, 마지막 외관 검사를 마치고 PC 커버를 씌우기 전에 찍었습니다."

　최봉환 차장은 출하서류를 나에게 내보이며 말했다.

서류에는 납품처와 수량, 그리고 성능 테스트에 대한 점검표가 포함되어 있었다.

또한 최봉환 차장의 말처럼 컴퓨터 본체의 내부 사진이 붙어 있었다.

납품 서류는 문제없었고 사진 속 컴퓨터 본체에도 중고 부품을 쓴 흔적이 없었다.

더구나 명성전자는 PC에 사용되는 부품의 입출고를 철저하게 관리하는 프로그램을 사용 중이었다.

입고된 부품이나 사용된 부품은 바로 수량을 확인한 후에 재고 관리 프로그램에 입력되어 남은 재고를 한눈에 파악할 수 있게 했다.

"청일산업에서 납품을 확인한 직원은 뭐라 합니까?"

"그게, 납품을 받았던 직원이 며칠 전에 퇴사했다고 하면서 퇴사한 직원과는 연락되지 않는다는 말만 하고 있습니다."

"청일산업에 가서 확인하셨습니까?"

"예, AS를 담당하는 정일우 기사와 함께 오전에 방문했었습니다. 납품된 PC 중에서 절반 정도가 그쪽 주장대로 중고 부품들이 달려 있었습니다. 대부분이 메인보드와 하드였는데, 한참 떨어지는 사양의 제품이었습니다. 분명 청일산업 쪽에서 부품을 교체하고 억지를 부리고 있는 것입니다."

최봉환 차장은 무척 화가 난 표정이었다.

그도 그럴 것이 청일산업은 말도 안 되는 억지 주장을 펼치고 있었다.

"청일산업은 뭐하는 회사입니까?"

이런 일을 벌인 청일산업이 어떤 회사인지 궁금했다.

"기계 부품을 만드는 회사로 알고 있습니다."

"음, 그래요. 그 회사에 컴퓨터를 사용할 만한 사람이 많았습니까?"

"그렇게 많아 보이지 않았습니다. 사무실에서 근무하는 직원도 열 명이 채 안 되는 것 같았습니다. 대표님의 말씀을 듣고 보니 사무실에서도 컴퓨터가 놓여 있던 책상은 다섯 개가 전부였습니다."

"그런 회사가 드림—I를 30대씩이나 주문했다. 뭔가 앞뒤가 좀 맞지 않네요. 그러면 현재 청일산업에서 납품 대금은 절반만 받은 상태라는 것이지요?"

"예, 주문할 때 절반을 받았습니다. 나머지는 납품 후에 받으려고 했는데, 경리 담당자가 자리에 없다고 해서 다음 날 받기로 했었습니다. 그런데 날짜를 조금씩 뒤로 미루더니 갑자기 중고부품을 사용했다는 억지 주장을 하고 나왔습니다. 그리고 어제 들은 이야기인데 청일산업의 자금 사정이 좋지 않다고 합니다."

명성전자에서 PC를 납품할 때에는 선금으로 절반 가격을 받고 납품 후에 나머지를 받았다.

한두 대가 아닌 많게는 백 대 가까운 PC를 납품하기도 했기 때문에 돈을 한꺼번에 전부 받기에는 가격이 만만치가 않았다.

청일산업은 처음부터 무언가를 계획한 상태에서 PC를 구매한 것 같다는 생각이 들었다.

명성전자에서 납품한 PC를 지금 시중에 내다 팔아도 한 대당 백만 원을 충분히 받을 수 있었다.

중고부품을 사용했다고 우긴 상태에서 납품 대금을 주지 않고 있다가 PC 업체에 팔아넘긴다면 청일산업은 적잖은 돈을 수중에 넣을 수 있었다.

"알겠습니다. 고소장이 접수된 경찰서는 어디입니까?"

"영등포경찰서입니다. 한데 고소 건을 담당하는 형사가 청일산업의 사장하고 꽤 친한 사이처럼 보였습니다."

최봉환 차장의 말에 확실하게 감이 왔다. 납품 금액을 작정하고 떼어먹으려는 수법이었다.

아마도 경찰서를 방문하면 좋게좋게 해결하라며 담당 형사가 종용할 것이다.

그 '좋게'라는 말은 청일산업이 바라는 대로 나머지 대금을 지급하지 않는 조건이 될 것이고, 그 대가로 고소를 취하해 주겠다는 말이 오갈 것이다.

납품 금액을 받지 못한 PC를 가져오려고 하면 분명 불량 PC로 인해 발생한 손해배상용이라고 말이 나올 것도 예상되었다.

이 모든 상황이 아버지가 공장을 운영하실 때에 당하셨던 일과 비슷했다.

한마디로 납품한 업체의 횡포로 몇 달간 일한 수고를 한 푼도 받지 못했다.

그때도 이런 방식으로 납품받은 업체가 꼬투리를 잡아서 경찰에 고소했고, 법에 무지했던 아버지는 약자 편에 서지 않은 담당 형사의 보이지 않는 강압에 눌려 그대로 납품한 업체의 요구 조건을 들어주었다.

물론 나중에 안 일이지만 담당 형사가 뒷돈을 받고 일방적으로 납품한 업체의 편을 들어주었던 것이었다.

"납품받았던 청일산업 직원의 이름이 여기 적힌 대로 박석구 대리가 맞습니까?"

"예, 그 사람이 저희에게 주문했고 회사까지 방문해서 조립 상황을 체크하기도 했었습니다. 우리가 납품했던 PC를 현장에서 납품받고는 사인을 본인이 직접 해주었습니다."

"혹시 받아놓은 명함 있습니까?"

"예, 명함철에 있을 것입니다."

"그럼 명함을 가져다주시고요. 이번 일은 제가 직접 처리하겠습니다."

"알겠습니다. 그럼 저는 나가보겠습니다."

최봉환 차장은 정중히 인사를 하고는 대표실을 나갔다.

나는 곧장 회사를 나와 영등포에 위치한 행복찾기 사무실을 찾았다.

러시아에서 함께 귀국한 김만철도 행복찾기 사무실로 출근하고 있었다.

그는 현재 자유롭게 전국의 여행지를 돌아다니며 흑천의 본거지를 찾고 있었다.

김만철은 흑천이 전혀 알지 못하는 인물이었기에 부탁을 한 것이다.

무예를 단련하는 흑천의 인물들이 본거지로 삼을 수 있는 곳은 분명 도심이 아니라 사람들이 쉽게 발걸음을 할 수 없는 곳이라 생각되었기 때문이었다.

지금 김만철은 소백산 근처에 머물고 있었다.

"이자를 빨리 좀 찾아주십시오."

나는 명함을 김인구 소장에게 내밀며 말했다.

사무실에는 김인구 소장과 이현진 대리가 자리를 지키고 있었다.

"박석구라. 뭐하는 친구입니까?"

김인구가 이유를 물어왔다.

"명성전자에서 납품한 드림-I를 청일산업에서……."

나는 김인구에게 청일산업의 납품 건에 관해 이야기해 주었다.

"요새도 이런 놈들이 있나 보네. 대표님 말씀처럼 확실하게 뒷구멍으로 먹을 생각입니다. 청일산업과 사장에 대해서도 좀 알아봐야겠습니다."

김인구 또한 청일산업의 보인 행동에 분개하는 모습이었다.

"영등포경찰서에 고소장이 접수되었다고 하는데 그쪽 담당 형사를 혹시 알고 있습니까?"

"한 다리만 건너면 다 아는 얼굴이죠. 저도 경찰이었지만 이놈은 상습적으로 해먹는 놈일 수도 있습니다. 이 대리, 네가 영등포 쪽 친구 알아봐."

"알겠습니다. 그쪽은 제가 맡겠습니다."

이현진 또한 형사 출신이라 경찰의 심리를 잘 알았다.

"그럼 저는 변호사를 준비하도록 하겠습니다. 이번이 처음이 아니라 상습적으로 벌인 것이라면 죗값을 물론이고 단단히 혼을 내주어야 합니다."

나는 그들을 용서하지 않을 생각이었다. 아니, 최봉환 차장에게서 그 이야기를 처음 듣는 순간부터 반드시 후회하게 만들어줄 생각이었다.

"이 친구들, 이거 상대를 정말 잘못 잡았네요. 확실하게 조사를 마쳐 놓겠습니다. 제가 아는 변호사도 있으니까 필요하시면 말씀하십시오."

김인구의 말을 듣고는 나는 이참에 회사의 법률적인 부분을 전문적으로 담당하는 변호사를 선임해 두어야겠다는 생각했다.

*   *   *

청일산업의 사장 김봉남은 점심을 먹자마자 영등포 근처에 위치한 불법도박장을 찾았다.

청일산업은 영등포에서 가까운 신길동에 자리를 잡고 있었고 그의 아버지에게 물려받은 공장이었다.

김봉남은 짧달 막한 키에 배가 나오고 머리가 벗겨진 인물로 얼굴 또한 코가 납작해서 추남에 가까웠다.

올해 서른여덟 살인 김봉남은 올 4월에 두 번째 이혼을 했다.

생김새와 모습 때문에 원래 나이보다 대여섯 살은 더 들어 보였다.

생긴 거와는 달리 술과 놀음, 주색잡기를 좋아하는 통에 두 번째로 결혼했던 여자 또한 버티지 못하고 집을 나간 후에 이혼을 신청했었다.

하지만 여자는 원하는 이혼을 했지만 김봉남에게서 단 한 푼의 위자료를 받지 못했다.

그와 호형호제하며 지내는 영등포경찰서에서 형사계장으로 근무하는 박상수 경위 덕분이었다.

박상수와 그가 동원한 인물이 김봉남의 처를 밤낮으로 협박하고 위협하여 모든 것을 포기하게 만든 결과였다.

김봉남이 찾은 불법도박장은 박상수가 지분을 가지고 있는 곳이었다.

영등포에서는 경찰의 단속이 전혀 미치지 않는 성지와도 같은 곳이었다.

그 모든 게 박상수 덕분이었다.

박상수는 불법도박장에서 나오는 이익금을 정기적으로 자신의 상사에게 상납하고 있었다.

"아, 씨발! 오늘 패가 이 모양이야."

김봉남이 인상을 구기며 화투장을 던져 버렸다.

회사에서 나올 때 가지고 나온 이백만 원이 채 한 시간도 안 되어서 순식간에 사라져 버렸다.

이백만 원은 납품업체에 주어야 할 결제 대금이었다.

그때 김봉남을 지켜보던 박상수가 그를 불렀다.

"봉남아! 이리 좀 와봐라."

박상수는 일주일에 한두 번은 꼭 들려서 도박장의 상태를 확인했고 업장에서 나온 이익금을 가져갔다.

"왜요?"

"너 이번 업체 건 문제없는 거지?"

"아, 형님! 한두 번 해보는 것도 아닌데 왜 그러세요? 아마추어도 아니고."

김봉남은 별것 아니라는 말투였다.

"그게 아니라 어제 꿈자리가 뒤숭숭해서 그래, 인마. 업체가 작은 것 같지도 않던데."

"그 업체가 라디오를 만들다가 요새 업종을 바꿨는데, 어린놈이 갑자기 사장이 되었다고 들었어요. 세상 물정도 모르는 놈이라서 신경 쓸 것도 전혀 없습니다. 더구나 증거가 없는데 어떻게 하겠어요. 형님이 이전처럼 잘해주시면 그냥 끝나는 게임이에요."

"알았다. 입금은 확실히 해라."

김봉남은 명성전자 건으로 해서 박상수에게 수수료 명목상 삼백만 원을 주기로 했다.

"걱정하지 마시고 꽁지 좀 이백만 땡겨줘요."

"야, 오백 가져간 것 입금 안 됐던데."

박상수가 인상을 찡그리며 말했다.

이곳에서는 빌려 간 돈이 입금되기 전에는 꽁지를 사용할 수 없었다.

"요번 건하고 해서 월말에 돈 들어오는 게 한 이천 들어와요. 한꺼번에 넣어줄게요."

"알았다. 내가 말해 놓고 가마. 그리고 이 돈만 하고 들어가라. 사장이 공장을 자주 비우면 돌아가겠어?"

"나도 적당히 하다가 갈 거예요. 요새 공장일 때문에 스트레스가 너무 쌓여서 그래요."

청일산업이 거래하던 큰 납품처 하나가 청일산업이 아닌 다른 거래처를 바꾸는 통해 힘든 상황이었다.

박상수는 김봉남의 어깨를 두드린 후에 도박장에 내에 위치한 환전창고로 가서 뭔가를 이야기했다.

그러자 환전창고 안에 있던 사내가 고개를 끄떡이는 것이 보였다.

도박장은 영등포 일대를 장악한 중앙파에 관리는 곳이었다.

중앙파는 영등포에 위치한 집창촌을 관리하며 세력을 키운 폭력조직으로서 강북을 잡고 있는 5대 조직 중의 하나였다.

범죄와의 전쟁 이후 핵심조직원이 구속되는 등 움츠려

있었지만, 올해 초부터 집창촌에서 나오는 자금과 도박장에서 거둬들이는 수익금으로 조직을 확대하고 있었다.

기존 역사보다 범죄와의 전쟁을 앞당기게 만들었던 신영파 이충식의 죽음으로 인해 신영파가 위축되자 중앙파는 당산동을 넘어 홍대와 신촌으로의 진출을 노리고 있었다.

Chapter 13

　나는 행복찾기를 나와 청일산업을 눈으로 직접 확인해
보기 위해 신길동으로 향했다.

　청일산업은 행복찾기에서 그리 밀지 않은 곳에 자리 잡
고 있었다.

　신길동에 들어서자 시끄러운 기계음들이 들려오는 공장
들 사이에서 청일산업의 가판이 보였다.

　공장은 이백 평 정도 크기였고 생각했던 것보다 규모가
컸다.

　안쪽으로 들어서자 공작 기계에 사용되는 기름 냄새와

함께 쇠를 깎아내는 밀링 머신 소리가 요란하게 들려왔다.

사무실로 쓰이고 있는 2층 건물로 들어서려고 하자 회사 인물로 보이는 사람이 말을 걸어왔다.

"어디서 오셨습니까?"

"아, 예! 명성전자에서 나왔습니다."

"또 왔어요? 어제도 보고 가지 않았나요?"

내 말에 사내는 별로 달가워하지 않은 표정이었다.

"저는 다른 부서에서 사람입니다. 저희 부서에서 확인할 게 있어서요."

"저기로 들어가 봐요."

사내는 손을 들어 2층을 가리켰다.

"혹시 사장님은 뵐 수 있을까요?"

"사장님은 지금 안 계세요."

"예, 알겠습니다."

사내는 말을 하고는 작업장 안으로 들어갔다.

그가 가리킨 2층으로 올라가 문을 열고 들어가자 곧장 사무실이 나왔다.

"어떻게 오셨어요?"

열린 문에서 가장 가까이에 앉아 있는 여직원이 나를 보며 말했다.

"명성전자에서 나왔습니다. 저희가 납품한 컴퓨터 상태

좀 확인하려고요."

"어제 보고 가셨는데."

"예, 보고서를 작성해야만 해서 다시 왔습니다. 사진도 찍어야 해서요."

나는 가져온 일회용 카메라를 들어 보였다.

"잠시만 기다리세요."

말을 마친 여직원은 뒤쪽에 앉아 있는 중년 남자에게로 향했다.

"과장님, 명성전자에서 납품한 컴퓨터를 보러왔다는데요."

"뭘 또 보러 와. 그냥 새것으로 가져오면 되지."

과장이라 불린 사내의 말이 고스란히 내 귀에 들어왔다.

"사진을 찍어야 한다네요."

"바빠 죽겠는데 귀찮게 하네, 정말! 이 대리! 네가 같이 가서 확인하고 와."

과장은 짜증 섞인 목소리로 왼편에 앉아 있는 인물에게 소리치듯 말했다.

그의 말에 이 대리라 불린 사내가 자리에서 일어났다.

"이리로 오세요."

박 대리의 말에 그에게로 걸어갔다.

"방문할 때는 미리 연락을 좀 하세요."

사무실에 있는 사람들 모두가 왠지 심기가 불편해 보였다.

"예, 알겠습니다."

이 대리는 대꾸 없이 사무실 앞쪽으로 나 있는 문으로 나를 안내했다.

문을 열자 안쪽에는 명성전자에서 납품한 30대의 드림─I가 다른 물품들과 함께 차곡차곡 쌓여 있었다.

그중 15대가 담긴 박스에 청테이프가 붙어 있었다.

청일산업에서 중고제품을 사용했다고 주장한 PC를 표시한 것 같았다.

"한데 사무실에서 컴퓨터를 많이 안 쓰시는 것 같네요?"

명성전자의 최봉한 차장이 나에게 말했던 것처럼 청일산업 사무실에는 다섯 대의 PC만이 있었고, 그중 두 대는 고장이 났는지 비닐 덮개로 씌어 있었다.

"뭐, 쓰는 사람이 그리 없으니까요."

박 대리는 중얼거리듯이 말했다.

"아니, 그러면 이 컴퓨터들은 왜 주문하신 건가요?"

"내가 어떻게 알아요. 사장님이 필요하시니까 주문했겠지. 나도 일을 해야 하니까 빨리 찍을 거 찍고 끝냅시다."

박 대리의 말은 마치 회사에서 사용하려고 주문한 것이 아니라는 말투였다.

"알겠습니다. 한데 이 표시들은 누가 한 것입니까?"

청테이프로 표시된 PC 박스를 가리키며 말했다.

"몰라요. 내가 관리하는 게 아니라서."

"그럼 누가 관리하는지 알 수 있을까요?"

"퇴사한 박 대리가 한 것 같은데, 그게 중요해요?"

"저희 회사 관계자가 한 게 아닌 것 같아서요. 컴퓨터를 좀 아시는 분이 분류해 놓으신 것 같아서 말씀드린 것입니다."

30대의 드림—I 중에서 포장이 벗겨졌던 박스는 정확하게 15대였다. 나머지 15대는 납품한 상태 그대로였다.

한마디로 15대만 포장을 뜯어서 부품을 교체한 거라고 볼 수 있었다.

"컴퓨터는 박 대리가 잘 알았으니까. 그 친구가 해놓을 수도 있겠네요."

"혹시! 박 대리라는 분의 연락처를 알고 계십니까?"

"뭘 그렇게 물어요. 난 아는 게 없으니까 빨리 끝내기나 하세요."

짜증 섞인 말투로 보아 더는 말해줄 것 같지 않았다.

나는 박스에서 PC 본체를 꺼내 커버를 벗겼다. 예상대로 메인보드를 교체한 흔적이 보였다.

메인보드를 교체한 후 메인보드를 고정하는 나사 하나가

비어 있었다.

철저한 전수검사 후 최종 검사에서 제대로 조립되어 있는지 확인한다.

조립 후에 진행되는 세 번에 걸친 검사에서 메인보드를 고정하는 나사가 빠진 것을 놓칠 리가 없었다.

나는 사진을 찍고는 다른 PC들도 하나둘 살펴보았다.

그때였다.

문이 덜컥 열리면서 인상이 좋지 않아 보이는 사내가 들어왔다.

그는 다름 아닌 청일산업의 사장 김봉남이었다.

"너 뭔데 남의 회사 자산에 손을 대고 있어?"

무척이나 심기 불편한 표정이었다.

그도 그럴 것이 도박장에서 총 4백만 원을 날리고 온 것이다.

"예, 저는 명성전자에 나왔습니다."

"그래서? 내가 돈 주고 사온 거 아냐. 누구 허락받고 사진을 찍고 지랄이야."

박봉남은 막무가내로 말을 뱉었다.

"아니, 납품한 제품에 문제를 제기해서 조사하는 것 아닙니까?"

"야! 너희 사장 오라 그래. 이런 거지같은 제품을 팔아먹고도 뭔 할 말이 그렇게 많아!"

쾅!

김봉남은 다짜고짜 발로 드림—I를 그대로 차버렸다.

'이것 정말 생긴 대로 노는 놈이구나.'

"나머지 사진만 찍고 가겠습니다."

"필요 없고! 너희 사장에게 가서 경찰서에서 보자고 해. 이 대리! 빨리 치워."

김봉남의 말에 이 대리는 드림—I를 박스에 빠르게 집어넣어 버렸다.

그리고는 드림—I를 쌓아놓았던 곳에 다시금 PC를 옮겨 놓았다.

그때 상자를 치우는 과정에서 포장지로 위를 가린 파란 박스에 무언가 담겨 있는 것이 보였다.

모양새나 크기로 보아 메인보드로 보였다. 아마도 드림—I에서 빼낸 새 메인보드 같았다.

드림—I를 외부에 팔아먹으려면 분명 안에 들어 있던 메인보드가 필요했다.

이 대리는 순간 벌어졌던 포장지를 서둘러 아래로 내리며 나를 쳐다보았다.

하지만 나는 다른 곳을 바라보며 김봉남에게 경고하듯 말했다.

"오늘 일 후회하실 것입니다."

"뭐라고 짓거리는 거야? 이 새끼가!"

김봉남의 입에서 다짜고짜 욕지거리가 나왔다.

"말 가려서 하세요. 정말 수준 떨어져서 더 이상 말도 섞고 싶지 않으니까."

말을 마친 나는 문 쪽으로 향했다.

"야! 이 개새끼야! 이리 와봐!"

김봉남은 무척이나 화가 났는지 심한 욕을 했다.

"어디서 개가 더럽게 짖네. 입에 똥이라도 물었나?"

더는 김봉남과 상대하고 싶지 않아서 그대로 밖으로 나왔다.

그때 문을 닫는 동시에,

쾅!

무언가가 날아와 문에 부닥치는 소리가 들렸다.

"헉헉! 저 개새끼 내가 그냥 안 둔다."

김봉남은 내 말에 화가 머리끝까지 난 모습이었다.

나는 청일산업을 나오자마자 행복찾기로 전화를 걸었다.

"접니다. 아시는 변호사를 바로 연결해 주셔야 될 것 같습니다."

─바로 연락드리겠습니다. 아! 그리고 이 대리한테서 연

락이 왔는데, 담당자가 박상수 계장이라고 합니다. 박 계장, 이놈이 영악하기로 소문나 있어서 확실하게 증거를 잡고 대응을 해야 할 것 같습니다.

"증거를 확보해야지요. 박상수라는 사람 확실하게 조사를 해주십시오."

─예, 알겠습니다.

전화를 끊고는 나는 다시 영등포 경찰서로 향했다. 직접 박상수 계장이라는 인물을 살펴봐야만 했다.

그 또한 김봉남의 행동과 같다면 용서하지 않을 생각이었다.

공중전화 박스에서 나서려는 순간 낯선 사내 세 명이 내 앞을 가로막았다. 그들은 기름때가 잔뜩 묻은 작업복을 입고 있었다.

"어이! 혹시 청일산업에서 나오지 않았어?"

오른손으로 공중전화 박스를 잡고 있는 인물이 반말투로 물어왔다.

그가 입고 있는 작업복 가슴 왼편에는 청일산업이라는 이름이 선명하게 적혀 있었다.

"왜 그러시죠?"

그때였다.

"야아! 그 새끼 맞아."

말을 하며 뒤편에서 다가오는 인물은 처음 청일산업에서 보았던 직원이었다.

"네가 우리 사장님을 치고 갔냐?"

세 명 중에서 가장 덩치가 큰 인물이 물었다.

"그게 무슨 말입니까?"

"야! 씨발, 아무리 좆같아도 사람을 때리면 쓰겠냐?"

"누굴 때렸다는 것입니까?"

"이 새끼가 말로 좋게 하려고 했더니 안 되겠네."

오른쪽에 있던 파마를 한 사내가 내 멱살을 잡으려고 했다.

하지만 그는 뜻한 바를 이루지 못했다.

"아악! 이 새끼가 이 손 못 놔? 아아악!"

머리를 파마한 사내의 중지를 허공에서 낚아채 그대로 꺾어버렸다.

그때 파마의 비명에 정면에 있던 사내가 다짜고짜 주먹을 뻗어왔다.

픽!

그리고 얼굴을 정확하게 주먹으로 친 소리가 들렸다.

"악!"

쿵

하지만 비명의 주인공은 파마머리였다.

주먹이 날아오는 순간 그의 꺾인 손가락을 옆으로 끌어 당긴 결과였다.

동료의 주먹에 맞은 파마머리는 그대로 공중전화 부스에 부닥치며 쓰러졌다.

"이 새끼가 죽으려고."

왼편에 있던 사내가 움직였다.

하지만 이번에도 있는 힘껏 내질렀던 주먹은 내가 아닌 엉뚱한 방향으로 흘러 가운데 사내의 가슴팍을 쳤다.

퍽!

내 눈에는 느리게 보이는 주먹의 손등을 쳐 방향을 바꿔 버렸다.

헉!

"씨발! 뭐냐?"

자신의 주먹이 동료를 때리자 당황한 사내는 다시금 왼 주먹을 휘둘렀다.

내가 슬쩍 고개를 옆으로 피하는 순간,

쾅!

"아악!"

그의 주먹은 그대로 전화 부스를 때렸다.

주먹을 부여잡고 쓰러진 사내의 신음성이 길가에 메아리 쳤다.

세 사람이 다 주저앉아 일어나지 못하자 나를 처음 봤던 청일산업 직원은 뒤로 뒷걸음치더니 그대로 달아났다.

내가 주저앉아 있는 세 사람에게 다가가자 그들 모두가 놀란 눈을 하면 뒤로 주춤주춤 물러났다.

주먹 한 번 휘두르지 않고서 자신들을 모두 순식간에 주저앉게 만들어버린 결과였다.

내가 자신들의 상대가 아니란 것을 안 것이다.

"함부로 주먹을 쓰지 마세요. 그리고 저는 댁들처럼 누굴 때리거나 위협하는 사람이 아닙니다."

세 사람은 누구나 할 것 없이,

"예, 저희가 잘못 안 것 같습니다."

"미, 미안합니다."

힘의 차이를 느끼자 바로 꼬리를 내렸다.

이들은 기껏해야 무리를 지어야만 힘을 쓰고, 타인의 위광(威光)을 등에 업고 뻐기는 재주밖에 없는 한심한 인간들이었다.

더는 그들을 상대할 의미를 느끼지 못했다.

나는 곧장 그곳을 벗어나 영등포경찰서로 향했다.

내가 자리를 떠난 후 길가에 서 있던 봉고차에서 두 사람이 내렸다.

봉고차의 창문은 짙게 썬팅이 되어 있었다.

"저 친구 뭐냐?"

놀란 눈을 하며 옆에 있는 동료에게 말을 붙였다.

"그렇게 말이야. 정말 알면 알수록 대단한 친구네."

두 사람은 국정원 직원이었다.

명성전자에서부터 나를 따라붙었던 것이다.

"차장님이 무슨 생각인지는 모르겠지만 하여간 재미있겠어."

"알아서 하시겠지. 우리야 저 친구를 보호하는 것인데, 별로 필요 없겠는데."

"후후! 그렇게 말이야. 어딜 또 가는지 가보자고."

말을 마친 두 사람은 다시금 봉고차에 올라탔다. 봉고차에는 삼정실업이라는 회사명이 적혀 있었다.

Chapter 14

　영등포경찰서를 찾았지만 박상수 계장은 자리에 없었다.

　영등포경찰서를 나와 명성전자로 향하려고 할 때 도시락에서 연락이 왔다. 해외영업 2팀이 사우디아라비아의 해외원조 식량지원사업에 참여 업체로 선정되었다는 소식이었다.

　그리고 5만 상자 분량을 이번 달 내로 사우디아라비아로 당장 보내야 한다는 말도 덧붙였다.

　문제는 러시아로 보내기 위해 준비 중인 수출 물량을 우선 사우디아라비아로 돌리자는 이야기가 나왔다는 것이다.

　나는 급하게 도시락 회사로 들어갔다.

러시아로 수출되는 도시락라면의 물량을 돌릴 수는 없었다. 명동에 있는 회사에 들어서자 해외영업 2팀이 사용하고 있는 곳에서 환호성과 박수 소리가 들려왔다.

회사에 들어서자마자 나를 맞이한 인물은 다름 아닌 김대철 사장이었다. 그의 사무실이 도시락 본사에서 얼마 떨어지지 않은 곳에 자리 잡고 있었다.

"하하하! 해외영업 2팀이 대박을 터뜨렸어요. 매달 10만 박스씩 2년 동안 240만 박스를 공급하기로 계약을 따냈습니다. 앞으로 추가적인 계약이 더 이루어질 수 있다고 합니다."

만면에 웃음을 머금고 이야기하는 김대철의 표정에는 기쁨이 넘쳐흘렀다.

"축하할 일이군요. 한데 갑자기 결정된 이유라도 있습니까? 제가 듣기로는 다음 달에나 결정된다고 들었는데 말입니다."

"사우디아라비아가 지원하는 서아프리카에서 쿠데타가 많이 일어나다 보니까 그에 따른 난민들의 발생이 많아져 식량 공급이 급하게 필요해졌다고 합니다. 간편하게 물만 끓여서 먹으면 되고 도시락 용기는 물그릇으로도 사용할 수 있다는 것이 후한 점수를 받은 것 같아요."

서아프리카에 위치한 국가들은 이슬람교가 대다수를 차지하는 지역으로 대부분의 국가가 이슬람회의기구의 회원

국이기도 하다.

"한데 제가 오는 중에 연락을 받기에는 5만 상자를 바로 보내야 한다고 들었습니다."

"사우디아라비아가 급하게 요구하고 있어요. 계약상에도 그걸 우선 요구했고. 그래서 지금 부산창고에 있는 도시락라면을 사우디아라비아로 보내면 될 것 같습니다."

회사대표인 나한테는 단 한 마디의 상의도 없이 계약을 체결한 것이다.

"그건 안 됩니다. 그 물량은 이미 러시아로 보내기로 한 수량입니다. 더구나 계약과 관련된 상황은 제게 알려주어야 하는 것 아닙니까?"

"하하! 너무 급하게 연락이 와서 그랬습니다. 내가 강 대표 대신 허락했습니다."

김대철은 아무렇지 않게 이야기를 했다. 그의 말에 정말 화가 났다.

"도시락의 회사대표는 제가 아닙니까? 회사대표의 결제 없이 일을 진행한다는 것은 말도 안 되는 일입니다."

이제껏 참을 만큼 참았지만 정말 나를 꿰다놓은 보릿자루로 보는 것만 같았다.

"당연히 강 대표가 회사의 대표지요. 한데 다른 회사의 일로 인해서 너무 바쁘지 않소이까? 그래서 조금이나마 강 대표의 부담을 덜어주려고 내가 그랬던 것이니 이번 일은 강 대표가 이해해 주시면 좋겠소."

"이해할 수 없는 일입니다. 더구나 이라크로 수출하는 물량 때문에 이미 생산량의 30%를 해외영업 2팀에서 가져가는 걸로 이야기가 끝났지 않았습니까. 부산에 있는 5만 상자는 그와는 별개입니다."

분명 수출 물량을 따낸 것은 잘한 일이었다. 하지만 그로 인해서 회사의 업무체계를 완전히 뒤바뀌게 만들었다.

김대철 사장은 이젠 노골적으로 도시락 업무에 관여했고 대표도 아닌데도 최종 결정까지 내렸다. 그는 이미 회사 운영에 직접적인 영향력을 행사하고 있었다.

"어허! 모두 잘되자고 한 일 아닙니까. 뭐로 가든 서울만 가면 되지 그리 화를 낼 일도 아닌 것 같소이다. 해외영업 2팀이 일을 잘해서 질투라도 난 것처럼 보입니다."

김대철 사장의 말에 마지막까지 남아 있던 도시락의 정이 다 떨어져 나갔다.

'정말 사람의 속마음은 알 수 없는 거구나.'

김대철 사장과의 첫 만남이 강렬했던 것 때문인지 지금의 상황이 너무 씁쓸하게 다가왔다.

"그렇게 말씀하시니 할 말이 없습니다. 제가 대표직에서 사임하겠습니다. 그리고 계약서에 적인 대로 물량의 30%만

2팀에서 가져가는 걸로 하겠습니다."

내 말에 김대철 사장의 표정이 바뀌었다.

"강 대표, 정말 그렇게 안 봤는데 사람이 왜 그렇게 옹졸합니까. 내가 그럼 도시락라면의 권리를 다시 되사겠어요. 원래 가격에 2배를 줄 테니까 내게 파세요."

김대철은 자신이 했던 말은 생각지도 않고 내 말에만 서운함을 드러냈다.

"죄송합니다만 2배가 아닌 10배를 주셔도 팔지 않겠습니다. 그리고 매번 말을 바꾸신 것은 김대철 사장님이십니다. 저와 약속을 하시고서 납품 계약에 관련된 생산량 계약을 체결한 것이 바로 저번 주였습니다."

다시는 두말하지 않게끔 아예 문서화시켜 계약서까지 만들었었다.

내 말에 김대철 사장은 헛기침을 하며 말을 이었다.

"어험! 그건 내가 미안하게 됐소이다. 다 회사가 잘되자고 하는 것 아니오. 사임한다는 말은 내가 못들은 걸로 하겠소. 내 말주변이 별로 없어서 내 이야기가 조금 다르게 강 대표에게 전달된 것 같은데, 김경렬 부장을 불러서 정확한 상황에 관해 이야기해 봅시다."

김대철 사장은 완강한 내 말에 한 발 뒤로 물러나는 태도를 보였다. 그리고 곧바로 김경렬 부장을 불렀다.

의기양양한 모습으로 회의실로 들어오는 김경렬 부장은 나와 김대철 사장이 무슨 이야기를 나누었는지 알고 있다는 표정이었다.

　"부르셨습니까?"

　김경렬은 김대철 사장을 향해서 정중히 인사를 건넸다. 나에게는 인사는커녕 눈길조차 주지 않았다.

　이제는 대놓고 나를 무시하는 태도를 보이고 있었다.

　"바쁜데 불러서 미안해요. 여기 있는 강 대표에게 이번 사우디아라비아 건에 관해 이야기를 자세히 좀 해줘요."

　김대철 사장은 이런 김경렬의 행동에 대해 전혀 생각 없이 대했다.

　"예, 사우디아라비아에서 지원하는 서아프리카 국가에 식량 지원 프로젝트에 도시락라면이 포함된 것입니다. 2년간 지원되며 매달 10만 상자씩 수량은 총 240만 상자입니다. 향후 추가적인 계약도 예상됩니다."

　김경렬의 목소리에는 힘이 들어가 있었다.

　"도시락라면 수출 단가는 얼마로 잡았습니까?"

　가장 중요한 상황이었다. 가격이 맞지 않는다면 물건을 팔면 팔 수록 손해였다.

　"국내에서 받은 가격과 동일하게 400원을 책정했고 사우디아라비아에서 받아들여졌습니다."

김경렬은 내 말에 자신 있게 대답했다.

"다른 요구조건은 없는 것입니까?"

내 질문에 살짝 김경렬의 표정이 살짝 바뀌었다.

"음, 그게 초기 6개월 동안만 우리가 납품하는·수량 중 5%는 무상으로 기증하는 조건입니다. 하지만 이건 아주 좋은 기회입니다. 중동은 물론 아프리카시장까지 장악할 수 있는 최상의 조건이죠."

김경렬의 말에 나는 머릿속에서 계산기를 두드려 보았다. 그의 말에 김대철 사장은 고개를 끄떡이며 흡족해하는 표정을 지었다.

"월 10만 상자씩 납품하는 것에서 5%면 5천 상자씩 3만 상자가 무상으로 지급되는 것인데, 금액적인 부분이 작지가 않네요. 월 4천 8백만 원씩 총 2억 8천 8백만 원인데, 350원씩에 판매하는 것보다도 손해가 나는 것 아닙니까?"

350원씩에 10만 상자를 팔면 월 5백만 원씩 손해가 발생하여 총 2년간 1억 2천만 원이었다. 차라리 350원에 판매하는 것이 금전적으로 더 나았다. 거기다가 사우디아라비아까지 물류비용을 들이면 남는 장사가 아니었다.

"서아프리카에 도시락라면의 공급이 이루어지면 몇 년 안에 황금시장으로 부상할 수 있는 시장이 형성될 것입니다. 그 시장을 광고 하나 없이 그냥 얻는 거나 마찬가지입니다."

김경렬은 확신에 찬 표정으로 말했다.

"무슨 말씀인지 알겠습니다. 한데 서아프리카 나라들의 국민소득은 어떻게 됩니까?"

'이놈 봐라? 우습게 볼 놈은 아닌데……'

"그… 그게, 국민소득은 잘 모르겠습니다."

김경렬의 표정에서 자신이 뭔가 놓쳤다는 모습이 비쳐졌다.

"저도 자세히는 모르지만 대략 서아프리카 국가인 가나나 기니, 그리고 세네갈의 도시 시민들의 한 달 소득이 우리나라 돈으로 3만 원을 채 넘지 못합니다. 농촌은 이것보다 훨씬 떨어지지요. 이게 서아프리카 국가들의 평균적인 모습입니다. 한마디로 도시락라면을 구매할 수 없는 소득 수준이라는 말입니다."

도시락라면 한 상자의 구매 가격이 9,600원이었다.

더구나 아프리카의 주민들 대다수가 평균 5~10명의 가족 구성원을 가진 대가족 위주였다.

한마디로 도시락라면 한 상자는 하루 식량밖에 되지 않았다. 더구나 연간 국민소득이 300달러가 넘지 않는 국가가 대다수였기에 돈을 주고 도시락라면을 구매해서 먹을 형편도 되지 않는 것이다.

"그게 사실입니까?"

김대철 사장이 내 말에 반문하며 물었다.

"예, 신문에서도 나온 이야기입니다. 더구나 현재 도시락 라면의 월간 생산량은 최대 12만 상자입니다. 국내에서 소비되는 3만 상자를 빼면 9만 상자가 수출할 수 있는 최대치입니다. 10만 상자를 매달 수출한다는 것은 지금으로서는 힘든 상황입니다."

생산량을 고려하지 않고 계약을 체결했다는 것도 문제였다.

"국내생산량을 수출로 돌리면 될 것 같습니다. 내수시장을 기대하는 것보다 세계로 나가야 하지 않겠습니까? 물론 대표님의 말씀처럼 서아프리카 나라들의 국민소득이 낮다고 도시락라면을 사 먹지 못하리라는 법은 없습니다. 2년간 식량 지원 사업으로 입맛을 드려놓으면 비싸더라도 사서 먹을 수밖에 없습니다. 중독이라는 것이 정말 무섭거든요."

김경렬은 이대로 물러날 생각이 전혀 없는 것 같았다.

내 말에 잠깐 표정이 어두워졌던 김대철 사장은 김경렬 부장의 말에 다시금 환한 표정으로 되돌아왔다.

"국내 시장을 포기할 정도로 그쪽 시장이 매력적으로 보이지 않습니다. 더구나 물류비용을 생각한다면 더욱더 그렇고요."

"가격 인상을 빠르게 가져가면 됩니다. 일단 그 나라 국민들에게 맛을 들려놓으면 불가능한 것도 아닙니다. 부족한 생산량은 팔도라면 공장을 이용하면 됩니다. 현재 공장 가동률이 70%밖에 되지 않는다고 합니다. 원래 팔도라면에서 도시락라면을 생산했었으니까 생산과 관련해서 따로 이야기할 것도 없습니다."

"그렇게 되면 도시락라면의 생산단가가 달라집니다. 러시아 현지에 공급해야 할 수량도 부족한 상황에서 이익이 발생하지 않는 곳에 힘을 쏟는 것은 아직 시기상조인 것 같습니다. 더구나 이라크 수출 건도 있지 않습니까?"

해외영업 2팀은 수출 건을 성사시키기는 했지만 실질적으로 도시락에 그다지 도움이 되는 건이 아니었다.

"대표님의 말씀은 저희보고 그냥 있으라는 말처럼 들립니다. 러시아가 얼마나 대단한지는 모르지만 세계는 넓고 그보다 더 좋은 시장은 얼마든지 있습니다. 지금 잠깐 러시아에서 이익이 난다고 해서 그걸 전부로 보시면 안 됩니다. 그리고 말이 나온 김에 한 말씀드리면 러시아에서 나오는 이익은 모두 대표님의 주머니로 들어가는 것이 아닙니까? 엄연히 도시락을 만든 분은 여기 계신 김대철 회장님이신데 말입니다. 한마디로 죽 쑤어서 개 주는 꼴이 된 것이지요."

김경렬은 아예 노골적으로 나에 대한 불만을 표출했다.

아니, 김대철이 하고 싶어 하는 말을 내 앞에서 대신한 것이다.

"지금 뭐라고 했습니까? 죽 쑤어 개를 주다니요?"

내 목소리가 높아지자 옆에 있던 김대철 사장이 나섰다.

"어허! 김 부장 말이 좀 그래요."

"죄송합니다. 대표님의 말씀이 저희 팀의 사기를 꺾는 것 같아 제가 좀 욱한 것 같습니다."

김경렬은 살짝 고개를 숙이며 말했다. 하지만 그의 눈빛은 어린놈이 뭘 안다고 까불고 있느냐는 눈빛이었다.

"강 대표도 생각에 전환을 좀 했으면 합니다. 회사 직원들이 이런 생각을 하고 있다는 것이 마음에 걸려서 하는 말이에요."

'후후! 짜고 치는 고스톱도 아니고. 빨리 러시아에 공장을 세울 일만 남았구나. 이대로 물러나면 이 두 사람만 좋은 꼴이 되겠지.'

"음, 알겠습니다. 그러면 해외영업 1팀과 2팀이 별개로 움직이게 하시죠. 저와 김 사장님이 두 영업팀에 대한 생산과 수출에 관련한 모든 경비를 대는 것이 어떻습니까? 도시락과 상관없이 말입니다. 그리되면 2팀에서 팔도라면에 위탁 생산하는 것도 마음대로 할 수 있지 않겠습니까? 급하다고 하니 대신 부산창고에 보관 중인 도시락라면 5만 상자 중에 절반을 내어드리겠습니다."

양 영업팀의 결과를 확연하게 구분을 짓고 싶었다. 두 영업팀의 결과가 어떻게 되든 간에 말이다. 한 달 생산량의 30%를 가져가는 해외영업 2팀이 수량만 잘 조절하면 사우디아라비아에서 이번 달에 요구하는 5만 상자는 맞출 수 있었다.

"좋소. 그렇게 합시다. 자신 있지요, 김 부장?"

김대철 사장은 내 말에 대답을 하고는 김경렬 부장을 바라보며 물었다.

"예, 자신 있습니다. 단기간에는 그렇지만 올해가 지나고 내년쯤에는 구체적인 성과가 분명 보일 것입니다."

그의 말에 이번 사우디아라비아와 관련된 수출 건과 앞으로 2팀에서 수주하는 수량은 김대철 사장이 떠안게 되어버렸다. 앞으로 러시아에 현지 공장이 세워지기 전까지 아예 도시락에 2개의 회사체계로 가져가는 것도 나쁠 것 같지 않았다.

나는 오로지 러시아와 관련된 일만 매달리면 되었다.

중동지역에서 이익이 난다면 고스란히 김대철 사장 호주머니로 들어가고 손해가 나도 김대철 사장이 나는 것이다.

『변혁 1990』 10권에 계속…

네르가시아 장편 소설
FUSION FANTASTIC STORY

THE MODERN
MAGICAL
SCHOLAR

현대 마도학자

나르서스 제국의 전쟁영웅이자
마나코어를 개발한 천재 마도학자 카미엘!

그러나 제국의 부흥을 위한 재물이 되어
숙청당하는데……

『현대 마도학자』

죽음 끝에 주어진 또 다른 삶.
그러나 그에게 남겨진 것은 작은 고물상이 전부였다.

더 이상의 밑은 없다!
마도학자의 현대 성공기가 시작된다!

Book Publishing CHUNGEORAM

유행이 아닌 자유추구 -
WWW.chungeoram.com

The Record of
Dragon's
Return

재중
귀환록

푸른 하늘 장편 소설
FUSION FANTASTIC STORY

『현중 귀환록』, 『바벨의 탑』의
푸른 하늘 신작!
이계를 평정한 위대한 영웅이 돌아왔다!

어느 날 갑자기 찾아온 부모님의 죽음.
그리고 여동생과의 생이별.
모든 것을 감당하기에 재중은 너무 어렸다.
삶에 지쳐 모든 것을 포기할 때, 이계에서 찾아온 유혹.

"여동생을 찾을 힘을 주겠어요.
대신 나를 도와주세요."

자랑스러운 오빠가 되기 위해!
행복한 삶을 위해!

위대한 영웅의
평범한(?) 현대 적응이 시작된다!

Book Publishing CHUNGEORAM

유행이 아닌 자유추구 -
www.chungeoram.com

용마검전

FANTASY FRONTIER SPIRIT

김재한 판타지 장편 소설

「폭염의 용제」, 「성운을 먹는 자」의 작가 김재한!
또다시 새로운 신화를 완성하다!

『용마검전』

사악한 용마족의 왕 아테인을 쓰러뜨리고
용마전쟁을 끝낸 용사 아젤!

그러나 그 대가로 받은 것은 죽음에 이르는 저주.
아젤은 저주를 풀기 위해 기나긴 잠에 빠져든다.

그로부터 220년 후……

긴 잠에서 깨어난 아젤이 본 것은
인간과 용마족이 더불어 살아가는 새로운 세상이었다.

Book Publishing CHUNGEORAM

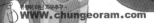
부분이 아닌 자유추구 -
www.chungeoram.com

한량 아버지를 뒷바라지하며
호시탐탐 가출을 꿈꾸던 궁외수.

어린 시절 이어진 인연은
그를 세상 밖으로 이끄는데…….

"내가 정혼녀 하나 못 지킬 것처럼 보여?"

글자조차 모르는 까막눈이지만,
하늘이 내린 재능과 악마의 심장은
전 무림이 그를 주목하게 한다.

"이 시간 이후 당신에겐 위협 따윈 없는 거요."

무림에 무서운 놈이 나타났다!

Book Publishing CHUNGEORAM

 유행이 아닌 자유추구 -
WWW.chungeoram.com